<의정활동 이모저모>

이명박 대통령 당선인(前서울시장)으로부터 시정연설을 듣고 있는 서울시의회 전경
(이성구 前의장이 회의 진행 중)

보신각 타종행사(제야의 종, 2004년 1월 1일 0시)중인 이성구 前의장

패티김, 유인촌, 박지은, 강타 씨와 함께 새해를 맞아
대한민국의 융성과 5천만 국민의 건강과 안녕을 기원하면서 타종

지하철 7호선 강북구간 개통식에서 조순시장과 함께 축배를 제의하는 이성구 당시 부의장

고건시장과 함께 지하철 8호선 개통식장에서의 이성구 당시 부의장

올림픽대로변 방음벽공사 및 담쟁이 성벽 조성

올림픽 대로변 담쟁이 성벽
동화속의 왕비가 살았던 古城을 연상케 하는 한강변의 새로운 명물(겨울에도 한 멋이 있음)

담쟁이 성벽이 생기게 된 사연

서울시가 방음효과 제고 및 원가와 관리비 절감을 위하여 투명방음벽을 콘크리트판넬 방음벽으로 교체하는 방침을 세운 후 우리 지역에도 콘크리트판넬 방음벽이 설치되자, 주민들이 예산을 아낀다고 보기 싫은 방음벽을 설치했다면서 시의원에게 격렬히 항의를 하게 되어 제가 몹시 시달렸습니다.

그러던 중 마침 세가 유럽방문 중 방음벽에 담쟁이를 올린 것을 보고 와서 그 문제의 **방음벽에 담쟁이를 심자고 요청을 해서, 방음벽 안팎 양면에 담쟁이를 심게** 되었습니다.

그 후 이제 그 보기 싫던 방음벽이 멋진 담쟁이 성벽이 되어 한강변의 새로운 명물로 등장했으며 결과적으로 **방음효과가 훨씬 좋으며 설치원가가 저렴하고 청소비가 들지 않으며 또한 보기도 싱그러운** 1석 4조의 좋은 효과를 가져왔습니다. 이 일은 국내에서는 **방음벽에 담쟁이를 올린 첫 사례로서,** 당시 서울시는 시내 타구청에서도 올림픽대로 서초 구간처럼 방음벽에 담쟁이를 올리도록 공문으로 시달한 일이 있습니다.

① **이성구 가족은**(이성구 본인·아내 최효선·장남 이상우가 각 1억원씩) **사랑의 열매에 3억원을 기증하여 "아너 패밀리"가 되었으며,**

② 이성구 회장이 48년째 경영하고 있는 (주)고와스방수(방수재 제조업)는 이웃돕기 성금으로 매년 1,000만원을 14년째 KBS에 기탁해 왔습니다.

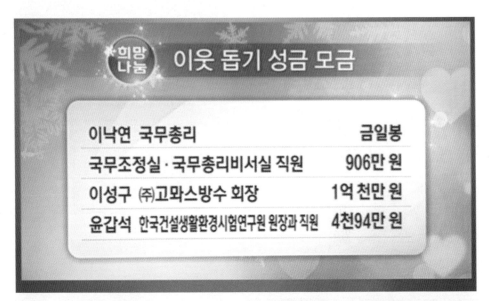

이웃 돕기 성금 모금	
이낙연 국무총리	금일봉
국무조정실·국무총리비서실 직원	906만 원
이성구 ㈜고와스방수 회장	1억 천만 원
윤갑석 한국건설생활환경시험연구원 원장과 직원	4천94만 원

서울시 자매도시인 터키 수도 앙카라 방문 시 의장대를 사열하고 있는 이성구 前부의장

2002년 이성구 의원이 설립한 '경조사 축부의금 안 받기본부'에서 붙인 안 받기운동 현수막
(당시 현수막 250여 개를 전국 간선도로변에 부착하는 등 안 받기운동 캠페인을 했다.)

명동 입구에서 경조사 축부의금 안 받기운동 캠페인 중인 이성구 회장과 회원들

청계천 복원공사 기공식장에서 축사 중인 이성구 의장

공식초청으로 중경시를 방문한 후 대한민국 임시정부 청사에서 부인과 함께 서명하고 있는 이성구 의원

수도이전 반대 대책위원장으로서 수도이전 반대 1,000만 명 서명을 받고 있는
이성구 의장과 서울시 의원들

보신각 타종행사(제야의 종, 2003년 1월 1일 0시) 중인 이명박 대통령 당선인(前서울시장)과 이성구 前의장

부인과 함께 경로당 어른들 찾아보기(이성구 의원 자신이 의정활동 등으로 바쁠 때는 이의원 부인이 주로 지역 내 경로당 어른들을 찾아뵙고 있다.)

한국에서
복이
두 번째 많은 남자

하고 싶은 일을 다 해 본 한 남자 이야기

한국에서 복이 두 번째 많은 남자

하고 싶은 일을 다 해 본 한 남자 이야기

초판 1쇄 인쇄 ㅣ 2022년 01월 21일
초판 1쇄 발행 ㅣ 2022년 01월 28일

지은이 ㅣ 이성구
펴낸이 ㅣ 최화숙
편　집 ㅣ 유창언
펴낸곳 ㅣ **아마존북스**

등록번호 ㅣ 제1994-000059호
출판등록 ㅣ 1994. 06. 09

주소 ㅣ 서울시 마포구 성미산로2길 33(서교동), 202호
전화 ㅣ 02)335-7353~4
팩스 ㅣ 02)325-4305
이메일 ㅣ pub95@hanmail.net ㅣ pub95@naver.com

ⓒ 이성구 2022
ISBN 979-89-5775-285-2 03810
값 15,000원

한국에서
복이
두 번째 많은 남자

하고 싶은 일을 다 해 본 한 남자 이야기

이성구 지음

아마존북스

자서전을
내면서

1. 자서전 두께가 280쪽 정도가 보기 좋다고들 해서 처음에는 280쪽 정도의 원고지를 전부 내 손으로 써 볼 생각으로 시작했다. 그런데 내가 편두통이라는 고질이 있어서 원고지를 1시간 정도 쓰다 보면 머리가 아플 조짐을 보이기 때문에, 하루에 2시간도 원고지에 집중할 수가 없었으며 따라서 원고가 붇질 않았다.

그래서 280쪽을 이번에 쓰는 것을 포기하고, 의장 재직 시기 발간된 2권의 연설문(서울특별시의회 이성구 의장 연설문과 전국시도광역의회 의장협의회 이성구 회장 연설문) 중 내용이 쓸 만한 것을 골라, 제2부를 만들어 합쳐서 합계 280쪽짜리 자서전을 만들게 되었다.

결국 모양은 280페이지이지만 실제는 161쪽 분량의 자서전이 되어서 내 자서전 독자님들에게 죄송하다는 사과를 드리면서, 한편으로 읽을 책이 지천인데 본 자서전의 내용만 280쪽이라면 내

독자님들께서 읽기 힘드실 텐데, 161쪽으로 줄였으니 161쪽만이라도 꼭 다 읽어주실 것을 당부 겸 기원합니다.

2. 나를 잘 아는 지인들은 나를 "복이 아주 많은 사람"또는 "하고 싶은 일을 다 해 본 사람"이라고 부러워한다. 그래서 처음에는 책 제목을 "하고 싶은 일을 다 해 본 사람"이라고 하려고 했는데 그 이유는 내가 힘들게 학교를 다녔고 대학 때 은행원이 되기 싫어 대학공부를 팽개치고 방황했으며 장사 밑천을 빨리 벌려고 전쟁수당 주는 월남까지 갔다 온 도전과 쟁취의 인생이었기 때문이다.

한편 내가 도전과 쟁취의 과정을 잘 관리해 왔기 때문에 오늘날 이런 복을 누리고 있다고 생각한다.

그러나 도전과 쟁취는 내 일생의 과정에 대한 얘기지만, 인생의 목적은 인생 행복의 총화를 키우는 것이므로 내 일생 전체를 설명하는 데는 도전과 쟁취보다 복이 많다는 것을 얘기하는 것이 적합한 것 같다.

그래서 쟁취를 나타내는 "하고 싶은 일을 다 해 본 사람"보다 "복이 가장 많은 사람"이 적절하다고 생각했다.

3. 자서전 제목을 "한국에서 복이 두 번째 많은 남자"라고 걸징했다.

나는 복이 많은 사람인데, 내 일생을 5가지로 구분해서 요약하면

① 중 · 고 · 대학을 가장 좋은 학교에 재수(再修)없이 제때 들어

갔는데, 내가 공부한 내용에 비해 결과는 늘 가장 좋은 쪽으로 돌아왔으며 이것이 내 복의 시작이었다.

② 나는 직장을 장사 밑천 장만할 때까지만 다닐 계획으로 시작하였으며, 31살에 현재 경영 중인 ㈜고꽈스방수를 창업하여 48년째 잘 운영해 와서 세금도 많이 내고(자서전 123쪽 참조) 내 일생을 재정적으로 윤택하게 해 왔는데, 즉 맨주먹으로 시작한 사업이 이만큼 성공한 것이 나의 두 번째 복이다.

③ 서울시의원을 1991년에 시작하여 의정활동 16년 동안 부의장 2번 · 의장 · 국회의원을 해 오면서 구설수 한번 없이 모양 좋게 마감했으며, 또한 공인의 청렴성에 대한 많은 실적을 남긴 것이 세 번째 복이다.

④ 이쁘고 분별 있는 아내와 행복하게 살고 있는 것이 네 번째 복이며, 내 다섯 가지 복 중에서도 아내복이 가장 으뜸 복이다(자서전 62쪽 참조).

⑤ 나는 자식이 4남매인데 자식들을 잘 키웠다고 한국효도회로부터 '장한 어버이상'을 받았으며(자서전 128쪽 참조) 손주가 9명으로, 자식들이 모두 크게 성공하고 번성한 것이 내 다섯 번째 복이다.

나는 내가 받은 복 만큼 많은 여러 가지 복을 골고루 누리는 사람을 아직까지 보지 못했기 때문에 내 아호(雅號)도 한국에서 복이 가장 많은 남자, 즉(최다복남(最多福男)을 줄여서) 福男이라고 지었다.

한편 복이 가장 많은 사람이라고 할 수는 있지만, 복이 가장 많다고 하기보다 두 번째 많은 사람이라고 함이 겸손과 양보를 나타내므로 책 제목을 "한국에서 복이 두 번째 많은 남자"라고 결정한 것이다.

자서전 원고 제1부를 모두 내가 직접 썼지만 나는 타이핑을 못하기 때문에 아내가 원고 타이핑, 윤문작업, 오탈자교정 등을 맡아서 잘 정리해 주었다. 그리고 제2부(연설문)는 내가 서울시의회 의장 당시 전국광역시도의장협의회 사무국장을 지냈던 전재섭 교수의 도움이 아주 컸다. 아내와 전재섭 교수의 노고에 거듭 감사한다.

※ 책 제목을 정하면서 주변의 지인들에게 선호도를 물어봤더니 두 제목의 선호도가 비슷하게 나왔길래, "한국에서 복이 두 번째 많은 남자"를 책 제목으로 정하고, "하고 싶은 일을 다 해 본 한 남자 이야기"를 부제목(副題目)으로 사용하기로 했다.

차 례

3장 회사경영과 나의 종교관 등

4장 의정 활동 16년

5장 자작시와 토막 이야기 모음

이성구 가족 하와이 모임

1 후기

2 사진(이성구 가족 하와이에 모이다)

나는 수입차를 타 본 적이 없으며, 국산 '에쿠스 리무진'을 21년 3개월 탔다

세계일주여행

1 회사직원 해외여행

2 세계일주여행을 하는 요령

3 3대 난코스

4 유급제 추진 호소문 등

(1) 한나라당 서울시 자치구의회 의원에 대한 호소문

(2) 지방자치법 중 명예직 삭제에 대한 지구당위원장 동의서 징
　　구 안내문(서울시의원에게 시달한 협조서한)

(3) 지방의원님들에게 띄우는 편지

(4) 한나라당 의장·운영위원장 간담회 인사말씀

(5) 한나라당 소속 전국 광역의원 대회 치사

(6) '지방의원의 유급제 실현' 우리는 해냈습니다

　　(전국시·도의원 대상 명예직 삭제관철 관련 보고서한)

(7) 지방의원 명예직 삭제 추진 및 운영위원 출마선언

(8) '명예직 삭제' 달성에 대한 인사말씀

2장　서울특별시의회 이성구 의장 연설문

3장　전국시도광역의회 의장협의회 이성구 회장 연설문

제1부

한국에서
복이 두 번째 많은 남자
이성구 자서전

1장

나의 어릴 때 꿈은
'커서 과자공장하는 것'
이었다

01

5살에 서당에서
천자문을 떼어
'책거리'를 했다.

나는 해방 3년 전 대구 팔공산 밑 산골에서 7남매 중 셋째로 태어났다. 6.25 전쟁 당시 나의 고향 동네 북쪽에 있는 모든 마을들은 피난을 갔지만 우리 동네는 운 좋게도 결국 피난을 안 간 마지막 동네였다.

1950년 여름 피난행렬이 한창 절정일 때 우리 시골집 경내에만 모두 75세대가 살았던 광경은 지금도 생생하다.

400여 평 되는 넓고 큰 농촌 저택이었지만, 그해 따라 여름 장마철 비는 억세게 퍼부었고 장맛비를 피할 만한 공간도 확보 못한 피난민 세대가 75세대 중 절반 이상이었던 것으로 기억된다. 이처럼 전쟁의 참상은 참으로 참혹했다.

당시 9살이던 나는 우리 집 모든 가족별로 따로따로 만들어진 피난 배낭 중 내 배낭을 메고 속히 피난 가자고 부모님을 졸랐던 일이 생각난다.

유난히도 철없던 내가 빨리 피난 가자고 졸랐던 이유는 이산가족에 대비하여 내 몫 배낭이 따로 생겨서 기분이 좋았고 또한 내 몫 배낭 속에 들어 있던 비상식량인 미숫가루와 강정 등 간식거리를 피난길이 시작되면 내 마음대로 먹어도 될 것 같아 어른들에게 속히 피난 가자고 졸랐던 것이다.

내가 만 5살, 즉 우리 나이 6살 때 아버지는 어린 나를 큰 마을에 있는 서당에 입문시켜 천자문을 가르쳤다. 이 서당 훈장님은 내 아버지에게 사서삼경을 가르쳤고, 뒷날 내가 대학생일 때 나에게 논어를 공부시키기도 했던 이름 있는 한학자였다.

내가 서당에 들어간 지 얼마 되지 않아 내가 천자문을 통째로 외우고, 또한 1,000자를 안 보고 다 쓸 수 있게 되자 동네에서는 보기 드문 수재가 나왔다는 말이 돌았고 그 소리에 아버지는 무척 기뻐하셨다. 결국 만 5살 때 천자문 책거리를 했고 닭을 많이 잡아 생도 등 관계자를 모두 불러 먹이는 잔치를 크게 했다.

나는 7살에 공산초등학교에 입학했지만 5km나 되는 먼 길을 크게 찡찡거리지도 않고 신나게 다녔다. 그래도 학교 가는 것보다는 학교를 빼먹는 게 더 신났던 것 같다. 우리 집에서 학교 가는 사이에 여름에 큰 비가 와서 물이 불으면 건널 수 없는 개천이 9개나 되어, 비가 오기 시작하면 좀 더 많이 와서 개울물이 불어 학교를 땡

땡이칠 수 있도록 비가 많이 오기를 학수고대했으니 말이다.

나는 천성이 부지런하고 긍정적이고 순리를 좋아했다. 부지런함은 타고 난 성품이었고 유교적인 가풍과 대가족 속에서 자연스럽게 순리와 인내심까지 몸에 배이도록 생활교육이 된 것 같다.

당시 초등학교는 나하고 같은 학년에 2~3살 많은 아이들이 많았지만 한 학년이 3개 반이던 초등학교에서 나는 우등상을 받을 만큼 공부도 곧잘 했다.

왕복 10km를 걸어서 다녀야 하는 먼 길이지만 큰 병 앓지 않고 열심히 다닌 덕에 경북중학교 입학시험에 철썩 붙었다.

경북중학교 합격자 발표가 있던 날 아버지가 대구시내에서 택시를 잡아 삼십리나 되는 시골집 마당까지 신나게 몰아갔던 일이 생각나고 그 일을 생각하면 지금도 기분이 좋다.

대구 경북중학교는 당시 모자와 상의 양쪽 옷소매에 백삼선이라는 흰줄 3개를 붙이고 다녔는데, 당시 서울의 경기중이 1번이고 평양중이 2번이고 대구 경북중이 3번째 중학교라고 해서 백삼선을 붙인다고 했다.

경북중학교 입학시험 전에 대구의 경북대사대부중 특차시험이 먼저 있었기 때문에 부중 입학시험을 쳤는데 묘한 일 때문에 낙방했다.

나는 태어나면서부터 포유류 알러지가 아주 심하였다.

즉 네발짐승 고기를 먹으면 전신에 두드러기가 생기고 배도 몹시 아팠다. 우리 가족 중 나 혼자만이 이런 알러지 증상이 있었기 때문에 네발짐승으로 인해 일어났던 사건도 많았었다.

그래서 우리 집에서 개를 잡아먹을 때는 내가 개고기를 먹을 수 없으니 닭을 별도로 잡아서 나한테 먹이는 일도 있었고 닭을 따로 잡지 않거나 내가 먹을 수 있는 대체 반찬이 없으면 나는 개고기를 먹고 싶어도 참는 수밖에 없었다.

농촌에서 소를 잡기는 어렵기 때문에 소고기는 연중 몇 번밖에 먹을 수 없으므로 큰 일이 생기면 주로 개나 닭으로 고기 수요를 충당했다.

한번은 고래 고기 사건이 있었다. 당시에는 고래 고기를 간혹 먹었는데 고래 고기는 네발짐승이 아니니 나도 먹을 수 있다고 생각하여 내가 고래 고기를 실컷 먹게 되었다.

그러자 전신에 두드러기가 덮이고 배가 몹시 아프니까 우리집 할머니의 치료법 대로 꿀물을 타서 먹이고 나를 홀랑 벗겨 두드러기 난 내 피부를 볏짚을 태운 연기로 그을리도록 했다. 이런 소동 속에 하룻밤을 자고 나면 깨끗이 나았다.

이 사건으로 고래가 포유류라는 것을 알게 되었고 나는 고래 고기도 먹을 수 없는 것으로 결징되었다.

포유류 알러지 때문에 나는 고1까지는 중국집 짜장면이나 우동도 못 먹었는데 고1 때 봉구형과 자취를 하면서 재미있는 일이 벌어졌다.

봉구형이 대구에서는 제일 좋은 학교인 경북대학교 법대를 다녔는데 당시 국립대학에서 등록금을 제 날짜에 납부하면 유네스코에서 기증한 4L짜리 두레박통에 담긴 버터 한 통을 무상으로 주었다.

이 버터를 자취하면서 식사 때 간장으로 비벼 먹었는데 맛이 좋아서 인기가 있었다.

이 버터를 한 번에 일정량 이상을 먹으면 포유류 알러지가 발생하기 때문에 알러지 발생 한계선 밑으로 아주 조금씩 먹어서 몸이 차츰 익숙해지도록 훈련을 시켰더니 몇 달 안 가서 버터 양을 마음대로 먹을 수 있게 되었고 또한 소고기도 마음대로 먹게 되었다.

결국 유네스코에서 준 버터로 내 포유류 알러지는 완치되었고 그 후는 모든 네발고기를 남들 만큼 먹을 수 있게 되었다.

얘기를 사대부중 입학시험으로 돌리면, 오전에 입학시험을 잘 치고 점심시간에 학교 앞 중국집에서 아버지와 둘이서 우동을 먹었는데 이 우동이 탈이나 나는 오후 시험장에서 눈꺼풀이 덮일 만큼 두드러기가 생기고 배가 아파 배를 움켜쥐고 시험을 쳤으며 결국 나는 부중 입학시험에 떨어졌다.

당시 대구에서는 부속중고교와 경북중고교가 우열을 가리기가 힘들 만큼 인기가 비슷했는데 특차로 시험을 먼저 친 부중에서 나는 우동 사건으로 떨어졌지만, 그 후 운이 좋아 중·고·대학 입학시험을 모두 재수(再修) 없이 1차에 합격했다.

02

사춘기 시절
못된 짓 한 것을
반성한다

우리 시골집이 대구에서 삼십리나 되고 당시에는 버스도 없었으니 대구시내에 방을 얻어 자취를 했다. 중학교까지는 4살 위 친형인 윤구형과 사촌인 봉구형과 같이 자취를 하였고, 어머니가 시간이 나면 자취방에 오셔서 같이 계시기도 하였다.

중고교 6년간의 학생시절은 부모님 밑에서 제 집에서 다니는 다른 아이들보다는 고생을 많이 했지만 그래도 나는 큰 병도 앓지 않고 우등상을 받을 만큼 공부도 잘했다.

나는 공부를 열심히 하는 스타일은 아니었다. 평소에 예복습을 해두는 스타일은 아니지만 일단 시험이 시작되면 내 기준으로 우등상을 받을 정도로 꼭 해치우고 잠을 잤으며 시간이 모자라면 밤을 새는 일도 많이 있었다.

평소 미리 준비하는 공부가 아니라서 선두까지는 못했지만 언제나 우등상권에는 빠지지 않았던 것은 어머니를 닮아 고교 시절에는 소월시집 한 권을 통째로 외울 만큼 암기력이 특별해서 같은 시간당 공부를 해치우는 능력은 나를 따라올 동기들을 본 일이 없었다.

중고교 6년간 5년간은 자취를 했고 고3 때 대입시를 위해서 하숙을 했다.

지금 와서 돌이켜보면 고등학교와 대학을 가장 좋은 학교로 재수 없이 진학했으니 중고교 6년간의 학생시절을 대체로 열심히 살아온 학생이라고 해도 되겠지만, 고2 때는 지금 생각해도 문제가 많았다.

사춘기를 이끌어 줄 멘토 없이 대구시내에 혼자 떨어져 자취를 하던 나에게 사춘기의 친구들이 몰려 와서 함께 타락하고 못된 짓을 많이 했다.

그중 두 가지만 적어본다

대구 사대부고 2학년 때부터 담배까지 배우고 나니 용돈은 더 부족했다.

사춘기 시절에는 건방이 들어 운동화도 제일 비싼 것을 신고 싶었지만 돈이 부족하니 가장 좋은 운동화를 사서 신기가 어렵게 되자 당시 복도에 있는 타 학년 신발장에서 선후배들의 많은 운동화

중 가장 멋진 것을 골라 신고 조퇴를 해 남의 신을 신은 일이 2번이나 있었다(같은 학년 것은 잡히기가 쉬우니까 노터치를 했다). 정확하게 말하면 남의 것을 훔쳐 신었던 것이다.

또 한 가지는 조퇴를 하거나 등교를 하지 않았던 친구들끼리 모여서 노느라 고2 때 나는 54일 결석했고 당시 사춘기 시절 문제학생인 우리 패거리들의 결석 일수는 40~60일 정도였다.

술 먹고 당구치고 놀다가 저녁때가 되면 낮에 봐둔 중국집에 가서 요리 등을 입맛대로 시켜먹고 계산을 하지 않고 튀는 수법으로 선량한 중국집을 괴롭혔던 일이 여러 번 있었다.

요즘 같으면 내가 사춘기 때 했던 못된 짓들이 경찰서에 잡혀 가서 소년범으로 콩밥을 먹을 일들이었지만 당시는 별 죄책감 없이 못된 짓을 많이 했다.

지금 와서 자서전을 쓰면서 이상 2가지 못된 짓에 대하여 60년이 지난 지금이라도 고해성사를 했으니 내가 저지른 죗값을 치러야 한다는 생각이 든다.

그래서 중국집에서 먹고 튀었던 죗값에 대해서는 내가 1973년에 사업을 시작해서 현재까지 48년간 벌어서 세금을 많이 낸 것으로 갚고자 한다. 최근 5년간(2016년~2020년) 이성구 개인이 낸 종합소득세의 합계가 48억3000만원으로 1년에 종합소득세 9억6600만원씩 납부했으며, 2021년 1월부터 건강 보험료를 매월 3,929,900원씩 납부하는데, 건강보험료는 상한선까지 내고 있으니 재벌들도 나 이상 내는 사람은 없다.

또한 내가 정치하면서 이성구하면 가장 청렴하다는 평가를 받게 된(본 자서전 130쪽 참조) 이면에는 고등학교 때의 못된 짓과 30대 때의 마작판에서 놀아난 것에 대한 반성과 개과천선이 있었다고 해야겠다.

그리고 고2 때 선후배 운동화를 마음대로 골라 신고 조퇴하면서 사라졌던 일에 대해서는 대구사대부고 모임에서 전말을 이실직고 한 후 그때 훔친 운동화 2켤레 값으로 모교에 기금 명목으로 적정 금액을 기부했으면 좋겠다는 생각을 해 본다.

나는 초등학교 때까지는 세상에서 제일 맛있는 것이 과자라고 알고 있었다. 그런 과자가 먹기 싫어서 과자공장을 그만 둘 생각이 라고 백이 아제는 말했는데, 내용인즉 과자 공장을 하자면 매일 과 자를 구워내야 하고 구운 과자를 시식을 해야 하는데 과자 시식하 는 게 아주 지겹도록 힘들다는 것이다.

백이 아제는 나한테 7촌 아저씨인데 일찍 서울 가서 센베이나 오꼬시 등 과자를 구워 판다고 했다.

초등학교까지는 과자를 실컷 먹어 본 일이 없었던 나에게 과자 를 너무 먹어서, 즉 과자 시식이 지겹도록 힘들다는 말이 이해될 리 없었고, 후일 내가 과자 공장을 해서 과자를 실컷 먹는 것이 꿈 이고 장래 희망이었음이 너무나 자연스럽다고 해야겠다.

지금도 우리 집에는 과자가 많다.

와이프 따라 슈퍼를 가면 나는 과자 봉지 몇 개를 꼭 들고 온다. 내가 들고 오는 과자는 대부분 옛날 추억이 배인 고소미나 캬라멜 땅콩 등이다.

와이프는 과자를 많이 먹는 것이 건강에 좋지 않으니 과자를 줄이라고 하면서도 만약 내가 과자공장을 했더라도 지금보다 더 과자를 마음대로 먹지 못했을 것이라면서 우리 부부는 한바탕 웃어대곤 하였다.

2장

나는 사업 밑천 벌려고
전쟁수당 주는
베트남 갔다

운이 좋아
서울대 경제학과에
들어갔지만…

나는 중학교 때부터 돈 벌기 위해서는 상과대학을 가는 것이
맞다고 생각했다.

공부를 열심히 하지는 않았지만 만 5살에 천자문을 외우고 쓸
수 있는 특별한 암기력 덕분에 중·고·대학을 입맛대로 골라, 그
것도 재수 한 번 안 하고 서울대 경제학과까지 들어갔는데 시험운
도 좋았던 것 같다.

그런데 집안이나 주변에 좋은 멘토가 없던 나에게 상과대학을
졸업해 봐야 은행원이 될 것 같아 서울상대 입학 후 대학에서 공부
하는데 전혀 의미를 두지 않았다.

나는 어릴 때 과자공장을 하는 것이 꿈이었으며 대학 들어가서

도 돈을 벌자면 시장에서 벌어야지 직장에서는 승부가 날 리가 없으며 특히 은행원은 되지 말아야 한다고 굳게 믿고 있었다.

당시 직장이 귀한 때라 국책은행(한은, 산은, 외환은행 등)이 일등이고 시중은행이 다음이고 사기업은 아무리 대기업이라도 은행에 순위가 밀릴 때였으니까, 나의 이러한 직장 기피주의는 상과대학 1년생을 학교공부에는 관심이 없게 하고 대학생활을 술판이나 벌이는 타락한 학생으로 몰아갔다.

술값이 떨어지면 중고서점에서 교과서라도 팔아(당시에는 중고 서적 매매가 많았고 책값도 좋았다) 한잔하는 것이 은행원이 안 되는 방법이라고 여겼던 것이다.

한편 1학년을 마치고 군 입대를 계획했는데, 1학기가 지나기 전에 돈이 되는 교과서는 다 팔아 술을 먹었으며, 학교 성적이 좋으면 은행 가는 길이니까 성적은 나쁠수록 내 길로 가는데 유리하다는 생각으로 1학년을 마쳤으니, 1학년 성적은 더 이상 나쁠 수 없을 정도로 간신히 학점만 이수한 셈이다.

결국 1학년 마치고 바로 지원입대를 하려고 했는데 그때는 군 입대가 쉽지 않아 늘 입대 지원서를 주머니에 넣고 다니며 술 먹고 당구 치며 시간을 허비한 끝에, 1960년 4.19 나던 해에 대학 입학한 것이 1961년 5.16이 일어난 그해 11월 4일에 영영군번(00군번-대학재학생에게 18개월 단축근무를 하도록 한 제도로서 군번도 일반군번과 달랐다)을 받아 입대하여 18개월 만기 제대하였다.

공부가 관심 밖이다 보니 자연스레 생활이 방탕해졌다.

그때 학생신분으로 친구와 동업으로 친구집 사과 1,000여 짝을 열차에 싣고 와서 서울 중부시장 경매입찰에 넘기는 사과 장사를 시작했는데 지금 생각하면 장사보다 노름에 빠졌던 게 더 문제였다.

나와 그 친구는 노름을 좋아했다. 친구와 서울의 화투 노름판에서 반년 정도 파락호 생활을 하다 보니 얻을 게 아무것도 없었다.

그래서 일단 학교로 가서 졸업한 다음 직장을 얻어 장사 밑천을 장만하는 쪽으로 중장기 인생계획을 다시 짜고, 6개월여 방황을 마치고 결국 학생신분으로 돌아왔다.

한편 대구 우리 집이 과수원도 크게 하는 부농 축에 들어간 덕에 내가 서울로 유학을 올 수 있었지만, 가세가 점점 기울어져 나도 더 이상 아버지로부터 학비지원을 포기하고 가정교사(시간제 또는 입주식)를 하게 되었다.

일단 학생으로 돌아오니 할 것은 공부 말고는 없으므로 자연 학교 성적도 좋아져서 대학 3, 4학년 성적은 상위권이 되었다.

서울대는 장학제도가 좋아서 시험 때 웬만큼 공부하면 장학금을 받을 수 있었으므로 가정교사를 했지만 학교생활은 순탄하게 유지됐다.

당시 나의 인생계획은 대학을 졸업하고 직장으로 가야 할 차례였고 졸업하자면 아직도 6개월이 남아 있기 때문에 공부도 체계

있게 한번 해볼 겸 행정고시를 보기로 했다.

당시 내 경우에는 직장을 얻기 위한 공부는 전혀 따로 할 필요가 없었다. 그 이유는 서울상대 졸업장만 있으면 직장을 마음대로 골라 갈 수 있었기 때문이다.

행시준비 3개월에 1차는 붙었고 2차도 3개월 공부하고 시험 봤지만 결국 낙방했고 공무원해서 장사 밑천 번다는 것은 불가하므로 행시는 여기서 마감하고, 1966년 가을 졸업(코스모스 졸업)을 하고 직장으로 가기로 했다.

1960년 입학해서 1966년 가을 졸업 때까지 6.5년 만에 졸업했는데 군대 18개월을 빼면 군대 가기 전 6개월과 제대 후 6개월을 파락호 짓을 하면서 1년을 허송세월했다.

대학을 졸업한 직후 이른 나이에 나는 결혼을 했다. 결혼한 이듬해 1968년에 큰아들 상우가 태어났고 3년 뒤에 종우가 태어났다. 애들 엄마는 그 당시 여자가 대학가기 힘든 때였지만 숙명여대를 졸업한 재원이었다. 젊은 아빠가 된 나로서는 돈을 좀 더 빨리 벌어야겠다는 생각이 더 많아졌다.

내 인생 계획은
속히 장사 밑천을
버는 것이었다

당시 내 인생설계는 속히 장사 밑천을 벌어서, 사업전선에 뛰어드는 것이었다. 서울대학교 상과대학(경제학과, 상학과, 무역학과) 입학생이 320명이었는데 1966년 가을 졸업생은 20여 명이었다.

그 당시 외국계 은행이 한국에서 지점을 내는 시기였는데, 미국계와 일본계 은행 5곳이 서울에서 다투어 지점을 개설 준비 중이었고, 대학가에 도는 소문으로는 미국계 은행이 신입사원 급료를 미국 기준으로 400달러 정도를 줄 것이라고 했다.

이러한 외국계 은행들의 서울지점 개설 덕에 나는 장사 밑천을 빨리 벌 수 있다고 흥분했으며, 나는 체이스 맨하턴 한국지점에 응시했고 바로 합격통보를 받았다.

그해 가을 서울상대 졸업생이 20명이었는데 외국계 5개 은행이 서로 끌어 갈려고 했기 때문에 어느 곳이든지 응시만 하면 다 될 수 있는 상황이었다.

그런데 문제가 생겼다. 내용인즉 일본계 은행이 먼저 문을 열면서 신입사원 급료를 120불 선으로 낮추어 책정하게 되었고, 곧 연달아 문을 연 다른 은행에서도 신입사원 급료를 100불 선으로 낮추게 된 것이다.

상황이 이렇게 되자 100여 불을 받을 바에야 외국은행 서울지점에 근무할 이유가 없다고 하여 서울상대 그해 가을 졸업생 20여 명 중 일부만 외국계 지점에 근무했으며 대부분은 외국계 지점을 그만두었고 나도 합격통지서를 받은 체이스 맨하턴 은행 근무를 포기했다.

그런데 외국계 은행에서 신입사원 월급으로 400달러를 받아 한 3년 모으면 자그마한 장사를 시작하겠구나 하는 생각이 내 머리에 박혀 다른 은행이나 일반 직장은 눈에 차지 않게 되었다.

당시 은행 외 대기업으로는 코오롱, 한국화약, OB맥주 등이 일등 직장이었으며 월급은 80불 정도 준 것으로 기억된다. 삼성이나 현대 등의 신입사원 월급은 물론 그보다 적었다.

그러니까 월급으로 400불을 받는다는 것은 대기업 기준으로 5개월 월급에 해당하므로 나는 달러로 주는 직장을 찾아 나선 것이다.

당시 달러로 월급을 받을 수 있는 곳은 많지 않았다. 현대건설이 필리핀 클라크 미군공항 건설 현장에서 국내 월급보다 조금 많게 달러로 지급하였으며, 한진이 월남전에서 미군 군수 물자 수송을 맡아 운전직 중심의 취업자를 많이 모집하여 맹호부대가 주둔해 있던 퀴논항을 중심으로 수송업무를 수행하고 있었다. 월남전은 적이 주민으로 위장하여 게릴라전을 벌이기 때문에 전선구분이 분명치 않아 일반 민간부락에서도 베트콩의 공격이 잦아 모든 취업자에게 전쟁수당이 지급되어 파월취업자의 월급이 300~400불 정도가 되었다.

이상을 정리하면 외국계 은행 지점 설치와 연관하여 내게 박힌 초봉 400불에 대한 미련이 결국 한진을 통해서 월남전으로 취업 가는 것으로 정리가 된 것이다.

그때 마침 한진상사에서 서울상대로 졸업생 2명을 추천해 달라는 취업 안내문이 왔으며, 나는 즐겁게 면접에 응했다.

당시 조중훈 한진 창업자가 직접 면접을 하는 자리에서 나는 1년 내 월남으로 보내주면 최선을 다해 열심히 일하겠다 했더니 조 회장은 인사과장에게 "이 사람 입사시켜 1년 내 월남지사로 보내도록 해"라고 해 그 자리에서 월남 가는 것까지 확답받고 신입사원 생활을 시작했다.

입사해서 파월자 여권 담당을 맡아 열심히 일했고 결국 1년 반 후에야 월남지사로 가게 되었으며, 당시는 미 군용기를 타고 갔는데 가는 도중 필리핀 클라크 공항에 잠시 기착했다. 여객기가 아니고 군용기라 비행기가 공항 아스팔트 노면에 닿자 뜨거운 바람이

기내로 확 올라와서 여기가 말로만 듣던 아열대지구로구나 하는 생각이 들었다.

그렇게 시작한 파월 생활의 처음 계획은 3년치 월급은 모아야 자그마한 장사 밑천이라도 만들겠구나 하고 월남에 3년간 있겠다고 월남지사 근무 신청을 했다.

서울을 떠날 때쯤 우리나라에서는 경제개발 5년 계획이 착착 진행되어 서울의 큰 거리에는 새로운 건물들이 속속 들어서고 있어서 빨리 장사 밑천을 벌어야지 하는 생각과 연결하여 "서울 땅을 너희들만 다 먹느냐" 하는 조급함이 늘 마음 한구석에 차지하고 있었는데, 파월 1년이 지나가고 국내에서 들어오는 뉴스들을 들어보면 장사 밑천도 더 모아야겠지만 더 이상 늦어지면 서울 땅을 저들이 다 먹고 남을 것이 없겠구나 하는 조급함이 앞서서 결국 1.5년 후에는 귀국하게 되었다.

당시 한진에서는 대한항공의 전신인 대한항공공사를 인수하던 때라 나는 한진상사에서 대한항공공사 인수팀으로 발령을 받았으나, 원래 직장 자체에는 관심이 없던 터라 대한항공공사 인수팀을 사직하고 퇴사하였다.

03

1973. 6. 7.
방수재 제조회사인 동방포루마를
창업했다

일단 장사 밑천이야 적지만 그래도 사업을 시작해야 되겠는데 사업아이템이 잡히지 않았다.

그래서 상과대학 초짜들이 잘하는 오퍼상을 대학 동기생 3명(이성구·이기석·우수안)이 동업으로 시작했는데 길일을 택한다고 입춘날 개업을 했다.

오파상을 하면서 좋은 사업거리를 찾아내자는 것이었다. 오파상이야 사무실에 책상과 타이프만 있으면 되던 때라 밑천이 많이 들 것도 없고 비용을 3등분하니 부담이 적어 시작을 했으며, 상호는 거창하게 홍익상사라고 하였다.

1년 정도 운영하면서 수입이라고는 대림요업의 볼밀을 독일메

이커에게 중계하고 수수료를 먹는 등 조금 벌었지만 사무실 운영
비도 못 벌었다.

사업이라기보다는 친구들 놀이터가 되어 그때 유행했던 포커판
이 자주 벌어지곤 했다.

홍익상사 시작 후 1년 정도 지날 때쯤 마침 포루마사업이 연결
되어 이 사업을 검토하느라 1년을 소모한 후 1973년 6월 7일에 동
방포루마 회사를 정식으로 출범했다.

고파스방수의 전신인 동방포루마의 사업자등록증에 기재된 사
업개시일이 1973.6.7.이며, 이 날짜가 바로 우리 회사의 창업기념
일이며 금년이 48주년이 된다.

서울시 송파구 가락동에 공장을 두고 수용성 아스팔트 방수재
인 포루마를 말짜리(18L)와 가롱(4L) 들이 두 가지를 생산했다. 처
음에는 유성인 아스팔트에 물을 타 쓴다는 포루마라는 제품을 잘
이해하지 못하였지만, 을지로의 큰 도료상이나 건재상에는 미군부
대를 통해서 수용성 아스팔트(Asphalt Emulsion)를 사용해 본 사람
들이 있었기 때문에 출시한 지 한 달도 안 되어 을지로 건재상부터
취급하게 되었다.

포루마는 아스팔트를 수성화(Emulsion)시킨 것이며 물을 타서
칠해 두면 수분이 증발하여 아스팔트 도막만 남기 때문에, 즉 아스
팔트를 끓이지 않고 물을 타 쓰기 때문에 대단히 편리하다는 것이
방수업계에 쉽게 전달되었다. 이렇게 시작된 포루마는 국내 도막

방수의 효시로서 방수재 시장의 한축으로 자리 잡았다.

포루마에 이어 수성페인트가 곧바로 등장함에 따라, 당시에는 타일 등 고급 외장재가 없던 시절이라 미장벽면으로 비가 쳐서 누수가 발생하면 포루마로 방수를 하고 수성페인트나 벽지로 마감하였으므로 포루마가 많이 팔렸다.

또한 당시에는 옥상 슬래브나 대문 윗부분도 미장으로 마감했기 때문에 포루마가 더 많이 사용되었으며 물가정보지 방수재란에 포루마가 방수재 대표로 가격과 사용방법 등이 소개될 정도로 포루마는 인기가 있었다.

초기 6년 동안은 열심히 일했다.

나는 원래 공부나 일을 일단 시작하면 매섭게 해치우는 근성이 있었다. 이러한 근성으로 처음에 기초를 잘 다진 덕에 동방포루마가 동종업계 1위 자리를 처음부터 굳혔으며 그때부터 48년이 지난 현재까지 수용성 고무 아스팔트 방수재 업종에서 국내 시장점유율을 60% 이상으로 계속 유지해 오고 있다.

그리고 창업한 지 5~6년이 되자 전국에 거래선이 500여 곳이 넘었고 회사 자금 사정도 아주 넉넉해졌다.

04

회사 자금사정이 좋아지니 또 노름근성이 도졌다

나는 월남 근무 시 마작을 배웠는데 마작이라는 놀이가 참 재미가 있다.

오퍼상 홍익상사를 할 때 동업자 이기석과 우수안에게 내가 마작을 가르쳤고 이기석은 이순국에게 마작을 전수했다. 마작은 원래 3명이나 4명이 한 팀이 돼서 노는 게임 겸 노름이다.

그래서 우리 4친구가 어울려 마작을 많이 했는데 친구 4명이 놀았던 마작판은 문제가 될 게 없었다. 따는 친구가 술 한 잔 사면 되는 친목놀이 정도로 유지되면서 간혹 밤을 새는 일도 있었지만, 그것은 마작 자체가 원체 재미있는 놀이었기 때문이다.

그런데 문제는 내가 노름을 너무 좋아했던 터라 친구들과의 마작놀이가 너무 시시해서 재미가 없었다.

그래서 처음에는 친구들을 가르친다고 좀 놀았으나 차차 친구들과의 마작은 흥미를 잃고 전문 마작하우스를 찾게 된 것이다.

당시는 유신시절이라 사회기강이 질서 있게 돌아갈 때였지만 전국적으로 도박이 몹시 흥행했다.

그때 정치판은 유신틀에서 돌아갔지만 사회 전체적으로 국민놀이가 별로 없던 시절이었고 골프는 상류층에서나 하고 고스톱도 당시에는 없었다. 그러다 보니 화투놀이나 포커가 전국적으로 흥행했고 일부 중상층에서 마작도 즐겨 놀았는데, 당국의 단속이 있었지만 끝까지 추적해서 뿌리를 뽑겠다는 정책이 아니고 공식으로 인정은 안 되지만 웬만한 노름판은 슬슬 쫓으면서 내버려둔 것으로 보였다.

그런 사회적인 상황에서 마작에 빠진 내가 마작 전문하우스를 찾게 되었고 계속 깊이 빠져 들었다.

그리고 내가 마작을 한창 즐길 때는 장안신사 마작 10명에 내가 포함되었는데, 그 이유는 내가 마작을 칠 때는 내 패만 열중해서 승률은 높았지만 남의 놀이에 대한 잔소리가 적고 점잖게 놀았으며 또한 돈이 떨어지는 일이 없었기 때문에 얻은 별칭이었다.

그래서 전문하우스에서는 나를 자기집 단골로 유치하기 위하여 더욱 노력했다.

처음에는 내가 전문하우스에서 돈을 잃으니까 호구가 왔다고 금세 소문이 나서 그 하우스로 꾼들이 모여들었다.

전문하우스에서는 게임 중 속이는 일은 잘 일어나지 않는다.

누가 속임수를 쓰면 다른 3명에게 들킬 수가 있고 일단 들키면 하우스장에게 발고되어 퇴장되고 한번 퇴장되면 서울에 있는 모든 하우스장에게 소문이 나서 매장될 수 있기 때문에 고수들이 노는 판에서는 속임수는 잘 일어나지 않는다.

속임수가 적은 이유 중에는 마작은 포커판이나 화투의 도리짓고 땡처럼 베팅을 올려서 한판에 큰돈이 몰리는 게임이 아니고 한판에 먹을 수 있는 금액이 늘 비슷하게 발생하기 때문에 한판을 속여서 이겨봐야 큰 의미가 없기 때문이기도 하다. 이처럼 마작이 속임수가 적고 베팅이 적어 큰돈이 오가지 않으면서도 게임 자체가 원체 재미가 있기 때문에 마작을 가장 점잖은 놀이로 여기는 것 같다.

그런데 마작도 나이롱 뽕처럼 뺑이 있기 때문에 2명이 짜고 치면 특히 3마(3명이 마작을 칠 때)의 경우에는 혼자가 당할 확률이 높고 놀이가 길어지면 짜고 치는 마작에는 당할 수가 없다.

그래서 전문하우스에서는 놀이꾼들이 짜고 치는지 감시하여 플레이가 공정하도록 하우스를 운영해야 좋은 고객이 많이 모이는 법이다.

나는 내가 잃으면 하우스장에게 내가 짜고 치는 사람들한테 당한 것 같은데 또 잃으면 다시는 이 집에 안 오겠다고 하면서 으름장을 놓았다.

그러면 대부분의 하우스장은 내가 짜고 치는 패에게 당하는 일이 절대 없도록 할 것을 거듭 다짐하여 내가 마음 놓고 자기 집에서 마작을 치도록 하는데 갖은 노력을 다한다.

왜냐하면 나는 돈 떨어질 걱정 없고 내 패만 열심히 보지 남의 놀이에 군말이 적고 점잖게 놀기 때문에 어느 전문하우스에서 나 같은 사람 세 사람을 확보하면 장안의 마작꾼들이 소문을 듣고 모여들기 때문에, 월요일 점심 먹고 오후 1~2시에 마작이 시작되면 월요일 오후에는 3판이 돌아간다.

마작 1점에 1,000원일 경우 고스톱 점당 1,000원짜리와 비슷한 돈이 오간다고 보면 된다.

당시 전문하우스에서는 1점에 2,000원짜리를 많이 쳤고 팀이 잘 짜이고 분위기가 고조되면 한 점에 10,000원짜리도 간혹 있었지만 대부분은 1점에 2,000~5,000원짜리 판이 많이 돌아갔다.

점당 2,000원짜리 4마가 붙었을 때 하우스장은 게이머가 쓰무 (패를 떠오는 행위, 쓰무해서 이기면 다른 3인으로부터 점수×2,000원씩의 돈을 받아감)해서 이길 때만 판돈 1점(2,000원)의 데라(하우스 수수료)를 챙기는데, 1팀에 1시간 동안 3~4번의 쓰무승이 발생하므로 하우스장은 1시간에 6,000원 정도의 데라를 챙길 수 있다.

월요일 오후 1~2시에 3팀의 마작판이 시작되었다면 당시는 12시 통금이 있었기 때문에 월요일 밤 11시가 되면 귀가할 사람은 가고 1~2팀만 남는다.

밤에 계속되는 야통 팀이 짜여지면 그 팀은 화요일 밤 11시까지 계속된다. 물론 월요일 1시에 시작하면 화요일 밤 11시에 끝나는 경우가 많지만, 나처럼 마작놀이 자체를 즐기는 사람이 몇 명 모이면 화요일 밤 11시에도 마치지 않고 연장하여 수요일 11시에 해산하고 집으로 가는 경우도 간혹 있었다.

화요일 11시에 끝나면 수요일은 회사 출근도 못하고 드러누워 일어나지도 못하고 목요일은 회사일을 보고 금요일에 또 하우스에서 마작을 시작하면 토요일 11시에 귀가했다.

다시 정리하면 나 같은 마작꾼이 세 사람만 있으면 판이 좋다는 소문이 돌아 장안의 마작꾼이 10명 이상 모여든다.

그래서 월요일 1~2시에 2~3팀이 돌아가서 토요일까지 계속 1~2팀은 돌아간다.

한 팀에 1시간에 6,000원의 데라가 나올 때 2팀이 돌아가면 1시간에 12,000원이 나오는데 월요일 시작한 판이 화요일 11시에 해산하면 34시간이 돌아가고 금요일 1시에 시작한 판이 토요일 11시까지 가면 또 34시간 돌아가서 일주일에 68시간이 돌아가므로 68×1시간당 12,000원=816,000, 즉 1주일에 80만원이라는 큰돈이 들어온다.

그래서 하우스장은 월요일 출근하면 나 같은 사람에게 전화해서 오늘은 누가누가 오기로 했으니까 자기 집에 와서 놀자고 애걸한다.

나는 마음에 드는 멤버들이 있는 하우스로 가겠다고 약속하고, 그 집으로 가서 입맛에 맞도록 잘 차려진 점심 식사를 하고 오후 1~2시부터 마작놀이를 시작했던 것이다. 그래서 하우스장은 나 같은 사람이 짜고 치는 사람들에게 당해서 돈을 잃지 않도록 판의 부정발생을 잘 지켜주기 때문에, 나는 마작을 즐기면서 내 실력대로 놀기만 하면 된다.

그리고 하우스장은 양질의 고객을 잘 관리하여 판이 왕왕 돌아가도록 5개월만 운영하면 단속반에 상납하고 비용을 다 털고도 집 한 채 값을 번다고 했으니 나 같은 고객을 대단히 소중히 잘 모셨다.

따라서 나는 집에 가서 와이프하고 싸우기보다 시간만 나면 마작판에서 놀았던 것이다. 물론 처음에는 일주일에 월요일 정도만 쳤지만 집에 가면 와이프와 싸움이 시작되니까, 처음에는 내가 좀 놀도록 내버려두라고 사정을 했고 나는 내가 실컷 놀았다 싶으면 그땐 끊을 테니까 내 마음대로 놀도록 두라고 사정도 했지만 와이프는 이대로는 못사니까 고쳐놓든지 이혼을 하든지 양단간에 결단 내겠다는 식으로 나를 몰아붙였다.

사실 내가 말도 안 되는 짓을 했다.

내가 노름을 좋아해서 끊을 수가 없으니 내가 실컷 놀고 나면 그때는 끊을 테니, 즉 내가 그만하겠다고 할 때까지 나를 내버려두라는 억지를 부렸으니, 이를 받아줄 와이프가 어디 있겠는가? 이 모든 것이 내 노름벽 때문에 생긴 문제지만, 그때 나는 마작을 그만두기 싫었고 더 실컷 놀고 싶었다.

그래서 처음에는 사정하면서 내가 스스로 끊을 때까지 좀 참아달라고 사정도 해 보았지만 와이프는 잠도 안 재우고 그냥 몰아붙였다.

그러면 나는 싸우기 싫어 옷을 입고 나와 버린다.

처음에는 인사불성이 되도록 술을 먹고 자버리는 방법을 해 보았다. 그러나 그 방법을 더 이상 쓸 수 없는 것이 내가 편두통이 심하여 술을 취하도록 먹고 나면 편두통이 재발하여 3일간은 편두통을 치료하기 위하여 편두통 약을 한번에 2알씩 하루에 4번을 3일 동안은 먹어야 편두통이 진정되곤 하였다.

그래서 와이프의 공격을 피하기 위하여 술을 먹고 취하는 방법은 편두통 때문에 더 쓸 수가 없었다.

그리고 처음에 세게 부딪칠 때는 와이프를 때리려고 손을 쳐들곤 하였는데, 이러다간 잘못도 내가 하고 내가 와이프 때린 결과가 되면 적반하장이 되어 내가 구제받을 수 없는 망나니가 된다 싶어 차츰 와이프하고 다툼을 피할 궁리를 하게 되었다.

그래서 화요일 밤 12시쯤 귀가해서 와이프가 싸움을 시작하면 나는 옷을 입고는 집을 나와 버리는 방법을 택했다.

밤중에 집을 나오면 처음에는 호텔로 갔다. 그러다가 나중에는 호텔도 안 가고 마작하우스로 바로 가게 되고, 하우스에는 빈방들이 있기 때문에 거기서 자고 식사도 잘 대접받으므로 몸이 견딜 만하면 또 마작을 붙기도 하여 건강을 망가뜨렸다.

원래 나는 고교시절부터 편두통이 있었는데 대학 입학 후 술 먹고 파락호 짓을 하다 보니 편두통이 자주 발작했으며 앞에서 얘기한 것처럼 편두통을 진정시키자면 당시에는 편두통에 요즘처럼 좋은 약이 없었으므로 진통제를 하루 8알까지 2~3일간을 먹어야 진정이 되었다.

따라서 마작에 열중하자면 자연 안정제나 진정제 등을 아주 많이 먹게 되는데 마작에 심히 빠지면서 진통제가 습관화되어 하우스 마작을 4년 정도 치고 다녔는데 마작 생활 마지막 때는 진통제도 매일 8알 이상씩 먹어야 생활이 가능하며 회사일도 볼 수 있었다.

노름판에 가면 판피린 같은 발한제가 준비되어 있다. 이러한 발한제는 감기약의 일종으로 먹으면 땀이 나는데, 원래 노름할 때 손이 마르면 끗발이 죽으므로 발한제를 먹어 손에 땀이 촉촉하게 나도록 한다.

발한제는 기초약이고 좀더 시간이 지나면 아티반 같은 더 센 안정제를 찾게 되고, 마작 시작한 지 30시간이 넘으면 체질에 따라 아편을 찾는 사람도 있다.

물론 아편이야 불법이고 습관성이니까 극소수의 꾼들만 이용하지 나 같은 경우는 편두통 때문에 진통제를 세게 먹었지, 계속해서 40시간을 넘게 마작을 친 일도 여러 번 있었지만 아편은 이용하지 않았다.

4년 정도 하우스마작을 하면서 몸도 망가졌지만, 집에서 안 자는 날이 자는 날보다 많아지면서 자연 와이프하고 관계도 더 이상 회복할 수 없을 만큼 사이가 멀어졌고, 결국 마작 때문에 합의이혼으로 마감했다. 마작에 빠지면서 건강은 폐인이 되었고 와이프하고도 이혼하게 되었으니, 말 그대로 마작으로 패가망신한 셈이다.

나의 허물로 이혼하게 되었지만 상우, 종우를 착실하게 잘 키워 준 애들 엄마에게는 미안하고 고맙다는 생각이 든다.

마작으로 건강이 극도로 악화되어 편두통을 다스리려면 하루 진통제를 8알씩 먹게 되니 처음 3~4년은 그렇게 재미있던 마작도 나중에는 보기 싫어졌다. 그래서 1983년에 마작을 끊었으며 그 후 오늘까지 마작이나 포커, 화투 등 어떤 노름도 해 본 일이 없으며, 동시에 노름 때문에 인생을 너무 많이 허비했다 싶어 골프도 안 치기로 했었는데 그 뒤 회사경영과 정치를 함께 하다 보니 골프할 시간이 없어 지금까지도 골프를 못 배웠다.

3장

회사경영과
나의
종교관 등

건강을 찾는 데 3년이 걸렸고,
그동안 나는 종교와 영혼문제 공부에
몰두했다

1983년 마작을 끊을 때 당시 나는 편두통에 몹시 시달렸다. 진정제를 한번에 2알씩 하루에 4번을 먹어야 편두통을 진정시킬 수 있었고, 나중에는 진정제가 습관화되어 안 먹으면 편두통이 계속 발생했다.

그때 시작된 편두통과 진정제 습관으로 30년 정도 진정제를 먹었는데 30년 중 처음 5년간은 매일 8알씩 먹었으며 차츰 줄여 끝에는 0.5알씩 하루에 2번 정도로 줄인 다음 10년 전에는 아주 끊었다. 지금은 평소 일상생활에서는 안 먹어도 지장이 없지만, 머리를 쓰는 일을 하자면 지금도 편두통 약을 먹어야 한다.

예를 들면 A4용지 2장을 기안하려면, 1장을 쓴 후에 편두통 약을 1번 먹고 머리를 안정시킨 다음 2장까지 기안할 수 있으며 단숨에 2장을 기안하면 편두통을 하루는 앓아야 할 정도지만, 머리를 쓰는 것 이외 일상생활을 위해서는 진정제를 안 먹어도 된다.

나는 평소 비교종교학에 관심을 두고 있었다.

37년 전 나의 아버지가 돌아가시기 한 달 전쯤 나한테 한지에 붓글씨로 메모식으로 적은 것을 보이시면서 교회에서는 사후에 천당에 가는 길이 있다 하고, 불교에서는 극락에 가는 길을 가르친다고 들어왔다.

나는(아버지) 유가에서 나고 자라서 공맹의 가르침을 기본으로 삼고 효행을 가장 값진 삶이라고 여기고 살아와서 이제 임종을 눈앞에 두니, 사후에 내 혼백이 어디로 갈 것인지 혼란이 많다고 하시었다.

아버지의 고민에 나는 유용한 답을 드릴 수가 없었다.

그렇다. 세계 3대 종교 중 유럽이나 미주 등의 바이블 문화권과 회교 국가에서는 유일신인 여호와와 알라만 믿으면 되고, 일본이나 중국을 포함한 많은 아시아 국가에서는 불교가 천년 이상 이어져 왔고 현재도 불교가 성행하고 있으므로 우리나라에서의 나의 아버지처럼 종교적인 선택에 고민이 많지 않을 것이다.

불교가 흥성했던 고려 말 요승 신돈의 해악도 있었지만 조선 조정에서는 배불숭유를 국책으로 여겼고, 심할 때는 한양 도성 4대문 안에 스님의 출입을 막을 정도로 불교를 탄압했다.

조선조 500년 동안 공맹을 섬기는 성리학이 존중되고 불교가 억압되는 종교적인 진공상태에서 서구문명의 동진으로 바이블의 양대 축인 천주교가 200여 년 전에 조선에 선교되고, 100여 년 전에는 개신교가 조선조 말에 선교되어 성경의 여호와 유일신이 급속도로 전파됨에 따라 나의 아버지와 같은 종교적인 고민이 발생하게 된 것이다.

마작을 끊은 후 3년 동안 나는 많은 종교 서적과 내세에 대한 책들을 봤는데 성경의 공동 번역판을 창세기부터 요한계시록까지 관심부분에 언더라인을 쳐가면서 꼼꼼하게 통독을 2번하였고, 아함경 등 불교 서적과 코란 등 3대 종교 관련 서적을 읽었지만 딱 마음에 와 닿는 종교를 찾을 수가 없었다.

아놀드 토인비 교수의 "죽음 그리고 삶" 등의 종교철학 서적을 읽어보고 또한 그때 유행했던 미국 무디 교수의 "사후의 세계"와 티벳의 "사자의 서" 등을 포함한 사후에 영혼의 육체 이탈과 저승으로 영혼이 이동하는 과정 등을 그린 사후세계 관련 서적도 당시에 인쇄된 것은 대부분 섭렵했지만 마음에 와 닿는 마땅한 책을 찾아내지 못했다.

그러나 3년 동안 종교와 영혼에 대한 많은 책을 읽으면서 건강을 회복한 덕에 회사일은 잘 할 수 있었다.

나의
종교관

40년 전 마작을 끊고 건강회복을 위해 3년간 칩거식 안정을 취하면서 나는 세계 3대 종교와 영혼에 대한 많은 책들을 읽으면서 종교에 대한 생각을 깊이 해왔지만, 당시 딱 떨어지는 종교적인 진전 없이 궁금증을 묻어둔 채 그대로 덮어 두었다.

그 후는 편두통 때문에 가능하면 책을 안 읽고 또한 사업과 의정활동으로 바쁘게 살다보니 종교에 대한 공부는 전혀 못하였으며, 이번에 자서전을 쓰면서 묵은 생각들을 모아서 나의 종교관을 정리해 본다.

① 사람에게 영혼은 있는가?

모든 종교는 인간이 만들었고 인간이 만든 많은 종교의 신은 수천 년간 인간을 다스려 왔으며, 한편 종교는 인간이 선행을 하도록 하는데 큰 역할을 해왔다고 나는 믿고 있다.

인간에게 영혼이 있어 사람이 죽으면 영혼이 육체를 떠나 사후 세계로 가서 이승에서 살아온 과정에 대한 심판을 받는 것이 모든 종교의 기본틀이라고 하겠다.

인간은 육신과 영혼의 합작물이라고 여기는 것이 일반적인 생각이다. 영혼이 없는 몸만 있다면 인간 자체가 너무 허술한 것 같고 영혼 없는 육체가 사후에 썩어 없어지면 모든 것이 끝이라고 생각한다면 너무 허망하므로, 모든 인간은 영혼이 있다고 믿고 싶고 또한 자기 몸에도 영혼이 내재되어 있다고 믿는 것이다.

전통적인 우리나라 가정에서는 아직도 돌아가신 선대의 기일이나 명절에 제사를 지낸다. 제사를 지내는 것은 돌아가신 선대의 혼백(영혼)이 제사상에 오셔서 차린 음식을 잡숫고 갈 것이라고 해서 제사를 지낸다. 이처럼 선대 제사를 지냄은 조상의 영혼이 있다는 전제하에 지내지만 나는 지금까지 살아오면서 그 많은 제사에 참석했지만 조상의 영혼이 왔다간 흔적은 찾지 못했으며 제사 때 조상의 영혼이 왔다간 것에 대한 과학적으로 믿을 만한 확인을 했다는 말을 누구한테도 들어보지 못했다.

이처럼 실제로는 영혼이 없는데도 모든 인간들이 영혼이 있기를 바라는 마음이 있기 때문에 인간 사회 전체가 영혼이 있는 것으로 착각하고 있는지도 모른다는 생각도 든다.

마치 코페르니쿠스의 지동설 전에 사람들은 지구가 자전하는 것을 모르고 해와 달이 지구를 도는 것으로 착각하고 살아왔듯이, 실제로는 영혼이 없는데도 인류는 각자 몸에 영혼이 들어 있다고 여겨온 것일 수도 있다.

영혼이라는 것이 따로 없고 최고등 동물인 인간의 의식력과 기억력 및 정신력 등이 합쳐진 것을 영혼이라고 착각하고, 마치 사후에 육체와 분리되어 저승으로 갈 수 있는 영혼이 자기 몸에 내재되어 있는 것으로 믿고 있다는 생각도 든다. 물론 이러한 의식력과 기억력 등은 육체가 죽으면 다 사라지는 것이므로, 사후 세계로 갈 수 있는 영혼은 아닐 것이다.

그렇지만 정작 영혼이 있다는 것을 제대로 과학적으로 증명해 보인 것을 나는 듣거나 보지 못했다.

우리 주변에는 영혼이 있다는 종교 간증은 수도 없이 많이 있다.

모든 종교마다 종교 간증이 많이 있지만, 그 간증 내용이 모두 간증을 말하는 그 사람에게 국한된 얘기지 그 간증 내용과 같은 일이 다른 사람에게는 일어나지 않으므로 그 간증을 과학적인 사실로 인정할 수 없는 것이다. 즉 여러 사람에게 시간과 장소를 바꾸어 간증 사실이 발생한다면 그것은 종교 간증의 영역이 아니고 과학적인 사실에 해당한다고 봐야 한다.

정리해서 말하면 많은 종교인들이 영혼을 봤다는 간증을 해 왔지만, 그 간증 속의 영혼은 과학적으로 증명될 수 없는 개별 종교인의 간증이므로 그 간증을 증거로 인간에게 영혼이 있다고 할 수 없을 것이다.

이처럼 종교와 영혼은 동전의 양면과 같다.

따라서 영혼이 없으면 종교가 성립되지 못하기 때문에, 나처럼 "영혼이 있다"는 것을 확실히 믿지 못하며 또한 "영혼이 없다"라고도 단정하지 못하는 사람을 "반무신론자"라고 함이 좋을 것 같다. 나는 아직까지 영혼이 있음을 확인하지 못했기 때문에 나 스스로 반무신론자라고 했지만, 인간은 대부분 스스로 영혼이 있다고 믿고 긴 세월 동안 종교를 믿어 왔다.

이처럼 인간은 좋은 내세에 가기 위하여 종교를 믿으며, 또한 이승에서 인간이 선행을 하도록 유도하는 종교의 역할이 대단히 크기 때문에 나는 인간에게 종교가 필요하다고 생각하는 사람이다.

따라서 앞으로 영혼에 대한 연구와 공부를 하는 사람이 많아서 영혼 유무에 대한 답이 조속히 나오기를 학수고대하고 있다.

2 가상신이론

모든 종교의 신은 그 신이 실제 존재하는 것이 아니고 그 신을 믿는 사람이 자기 최면으로 스스로 자기가 원하는 신을 만들어 낸 것이다.

즉 그 신은 그 신을 찾는 모든 사람에게 언제든지 나타나는데, 이는 실제 있는 신이 나타나는 것이 아니고 그 신을 찾는 사람이 꿈과 같은 가상 세계에서 가상신을 만나는 종교현상에서의 신인 것이다.

가장 원시적인 종교와 간증을 하나 소개해 보겠다.

어릴 때 나의 할머니는 집안에 불안한 일이 생기거나, 또는 평시에도 1년에 한두 번은 동네 어귀에 있는 잘 생긴 바위 밑에서 촛불을 켜고 백설기 한 시루를 차려 놓고 신령님께 소원을 빌었고, 내가 심부름을 잘 하니까 꼭 나를 데리고 다니셨다. 즉 우리나라 민간에 대대로 전래되어 온 칠성신앙이다.

그리고 이튿날 할머니는 날 앉혀 놓고는 간밤 꿈에 신령님이 나타나셔서 할머니에게 "네 정성이 갸륵해서 내가(신령님) 너희 집을 잘 지켜줄 것이니 걱정마라"고 하셨다면서 어린 나한테도 신령님의 계시를 간증하셨다.

이 대목에서 나는 모든 종교에서 발생하는 간증의 근본원리에 대하여 얘기를 하고자 한다. 신은 그 신을 찾는 모든 사람에게 언제든지 나타나는 것이다. 즉 인간은 자기 최면으로 스스로 자기가 바라는 신을 만들어 내기 때문에 할머니의 신령님 간증처럼 할머니의 마음속에 있는 할머니만의 신령님은 할머니가 찾으면 꼭 나타나는 것이다. 이처럼 할머니의 원시적인 종교 간증을 확대하면 할머니의 신령님은 큰 종교의 교주가 될 수도 있고, 더 크게는 우주를 창조한 창조주가 될 수도 있다.

각 개인에게 일어나는 간증 사례는 자기 최면으로 각 개인 스스로 만들어 내는 종교 현상이므로 내가 어릴 때 나의 할머니가 보여 준 원시 종교의 간증이나, 요즘 세계 3대 종교 교인의 간증이나 해당 종교인에게 나타나는 간증의 생성 원리와 이치는 동일하다고 하겠다.

이처럼 종교의 신은 실제 있는 신이 아니고 그 신을 믿는 사람이 스스로 자기가 원하는 신을 만들어 낸 신이기 때문에 나는 세계 모든 종교에서 나오는 신을 가상신이라고 칭하며, 가상 세계에서 가상신과 만나는 종교현상을 '가상신이론'이라고 이름을 붙였다.

아울러 지난 세월 동안 인류는 풍요로워졌고 과학 문명도 크게 발전하여 인간의 복지와 삶의 질이 아주 크게 좋아졌다. 그러나 2500년 전에 시작된 불교나 2000년 전의 기독교와 1400년 전의 이슬람교 등의 세계 3대 종교 모두 현대 과학 문명과 현대인의 복지와 삶의 질에 걸맞는 현대인의 바램을 충족시키기에는 시대적으로 너무 퇴보되어 있으므로, 3대 종교 모두 과감한 종교적인 개혁이 필요하다고 나는 평소에 생각해 왔다.

끝으로 모든 종교의 신은 그 신이 실제 존재하는 것이 아니고 그 신을 믿는 사람이 자기 최면으로 스스로 자기가 원하는 신을 만들어 낸 것이며 이처럼 인간은 자기가 만들어 낸 신과 종교를 믿고 복종하는 것이 종교의 본질이다. 따라서 모든 종교는 그 종교를 믿는 사람에게는 절대적인 가치가 있는 것이다.

그래서 나는 세계의 모든 종교는 자기 종교 이외의 다른 모든 종교를 인정하고 존중함이 옳으며, 나아가 자기 종교 이외의 타 모든 종교와 화목한 관계를 유지해야 한다고 생각한다.

　또한 종교 분쟁으로 인한 인류의 피해가 얼마나 큰가를 명심하고, 세계 모든 종교 간의 친목과 화합을 위하여 서로 양보함으로써 종교 분쟁을 종식시켜, 세계의 모든 종교인들이 다같이 인류의 존경과 신뢰를 받도록 노력해 줄 것을 강조하는 것이다.

효선과의
만남

나는 마작으로 이혼하고 건강까지 망가졌지만, 다행히도 지금의 부인인 최효선을 만나는 행운이 있었다.

그녀와의 인연은 지금 생각하여도 내 생애 최고의 행운이었음이 확실하다.

나는 그녀를 본 순간 마법같이 첫눈에 반했다.

놓여진 내 상황이 여러 가지로 어려움이 많아 가슴에 품고 짝사랑만 하다, 용기 있는 자가 미인을 얻는다고 그녀에 대한 내 사랑을 2개의 시를 써서 용기 내어 고백하고 여러 해를 기다린 끝에 결국에는 효선의 마음을 얻는 데 성공했다.

효선이를 만나고 나는 새사람이 되었으며 그 후에는 마작이랑

화투나 포커 등 노름이라곤 오늘까지 손대 본 일이 없었다.

또한 고2 때 시작하여 마작할 때는 하루 3갑씩 태우던 담배도 끊어 현재까지 노담이며, 편두통을 치료하다 보니 소주 2병 정도이던 주량도 이제는 한두 잔으로 만족한다.

그리고 건강관리가 잘 진행되어 편두통 때문에 5년 동안 8알씩 먹던 진정제도 차츰 줄여 이제 아주 끊었으며, 칩거식의 건강관리를 시작한 지 3년이 지난 후에는 회사업무도 별 지장 없이 감당할 수 있었다.

내가 마작 끊고 새 사람이 되어 건강을 되찾고 회사를 잘 운영하고 또한 정치판에서 이만큼 잘 해온 데는 나의 영원한 새색시 효선이의 공이 가장 크기 때문에 나는 효선을 만난 것이 보통의 행운이 아니고 내 생애 최고의 행운이라고 말하는 것이다. 그리고 효선이와 재혼 후 2년 터울로 예쁜 딸 두 명(효정이와 효은이)을 낳았다.

나는 아내가 새색시 때부터 애칭으로 "색시야"라고 잘 불렀다. 그게 버릇이 되어 요즘도 남들이 없으면 여보보다는 색시야 하고 부르는 것을 더 좋아한다.

아내는 하나님이 우리 부부 인연을 특별히 맺어 준 것으로 믿고 있는 모태신앙인 크리스천이다. 그런데 나는 합리성과 과학적인 사고를 바탕으로 사는 사람이다 보니 창조론보나 진화론이 더 맞다고 보고 있고, 세상의 모든 종교는 인간이 만들어서 인간을 다스리는 도구로 쓰여지기도 했지만, 한편 종교는 인류가 선행을 더 많이 하도록 계도하는 역할을 크게 해 왔다고 보는 사람이다.

이러한 무신론에 가까운 나의 종교관으로는 아직도 성경에 나오는 야훼가 전지전능한 창조주라는 것과 지저스가 하나님의 아들이라는 확신을 갖고 있지 못하지만, 내 아내가 나를 하나님이 짝지어 주신 배필이라고 믿고 있다는 것은 대단히 기분이 좋은 일이다. 사실 기분이 좋은 일임에는 틀림없지만, 하나님에 대한 확실한 신앙을 가진 아내에게는 내가 미안하고 한편으론 아내가 부럽기도 하다.

나는 아내로부터 2가지 문제를 요청받고 있다. 하나는 하나님을 영접하고 주일마다 부부가 함께 교회에 출석해 예배드리자는 것과 또 하나는 죽어서 부부가 함께 천국에서 만나야 하는데 내가 기독교에 대한 확신이 없다면 나는 천국에 못 가고 자기만 가서 내가 불쌍하다고 마음 아파할 것이다. 그래서 아내는 내가 구원받고 함께 천국 가기를 날마다 간절히 기도하고 있는 것이다.

결국 이 두 문제는 내가 예수를 믿고 교회에 잘 나가면 다 해결되는 문제지만, 나는 아직도 야훼가 창조주이고 지저스가 하나님의 아들이라는 확신이 서지 않고 있는 무신론자에 가까우니 마음이 답답하구나!

아무튼 이제 시간도 많지 않으므로, 50년을 끌어온 나 자신의 종교 문제에 대한 과감한 결단이 필요할 것 같다!

종교이론을 탈피하여 신앙인으로 거듭나자!

이상에서 나의 종교관과 아내의 종교에 대한 현황을 정리하면서, 이제는 나의 인생 끝자락에서 종교 문제도 정리해야 하는 단계에 왔기 때문에 앞으로는 영혼의 유무 논쟁이나 종교이론에 더 이상 시간을 할애하지 말고 실제 종교를 직접 생활화하여야 할 시점이라고 결론지었다. 그동안 아내는 내가 자기와 같이 교회를 함께 나가고 또한 죽어서 하나님나라 천국에 가서 함께 사는 것이 평생소원이었다.

그래서 결론은 젊은 시절부터 시작했던 영혼문제와 비교 종교학적인 종교 연구는 모두 접고, 아내가 전하는 복음을 받아들이고 아내 따라 교회를 나가서 천국도 아내와 함께 가는 것으로 귀결시켰다.

와이프는 미인이다. 제 눈에 안경이라고 제 여자가 다 이쁘지만, 효선이는 1% 치수미인이다.

풀어서 설명하면 같은 또래 500명 중 5등 안에 넉넉히 들어가는 미인이고, 눈 코 입의 얼굴 치수가 딱 떨어지는 팔등신 미인이다.

1991년 서울시의원으로 출마할 때 창업한 지 18년 되던 우리 회사는 운영이 잘 되고 있었으며 또한 회사 자금도 넉넉하였다. 따라서 내가 사업 확장하는 것을 잠시 보류하고 서울시의원을 시작하게 된 동기 중 하나가 아내가 미인이라서 미인 색시를 사방에 자랑하고 싶은 마음이 깔려 있었다.

그래서 나는 선거구 지역관리를 처음부터 아내가 맡아서 하도록 했는데 시작부터 아내는 잘해 나갔다. 나는 선거체질이 못되어 선거운동 중에도 오전 10시 전에 선거지역에 나가는 일이 거의 없고 저녁에도 6시가 넘으면 집으로 들어왔던 사람인데, 아내는 선거가 시작되면 새벽 5시 전에는 한강고수부지에 산책 나온 유권자들에게 선거 명함을 돌렸고, 저녁에도 10시까지는 지하철에서 퇴근하는 유권자들을 마중할 만큼 억척스럽게 선거 운동을 열심히 했다.

사실 내가 반포, 잠원지역 한 자리에서 내리 4선을 한 데는 아내의 적극적이고 열성적인 지역관리 덕이라고 봐야 한다.

즉 아내가 지역관리를 정성들여 잘해준 덕에 서울시의원을 연속으로 4번을 하여 부의장 2번과 의장을 한 후 국회의원까지 할 수 있었으므로, 나의 정치판에서의 성공은 아내의 공이 으뜸임에 틀림없다.

* 최효선양의 연예인 중도 하차

대학재학 중 미모와 팔등신 몸매를 갖춘 최효선양에게 주변에서 연예인으로 나가볼 것을 권함에 따라,

(1) KBS 9기 공채에 합격한 후 신입 연수까지 모두 마쳤으며,

(2) 스타 不在에서 오는 한국영화의 불황을 타개하자는 취지 아래 15인

의 영화감독이 ㈜경보문예와 공동으로 신인배우를 모집했을 때 최우수상을 받았다.

그러나 막상 영화 주연배우 출연 교섭단계에서 본인이 연기자로서의 끼가 너무 없고 또한 화려하지만 험난한 연예인의 앞날을 헤쳐 나갈 자신이 서지 않아 연예인의 길을 스스로 중도 포기했다고 한다.

04

일등 집에
일등 색시

2019년 어느 날 힐탑 트레져에 살 때이다. 하루는 장모님이 2 달 만에 오셔서 나하고 장모님과 둘만 있을 때 내가 심심해서 무료를 달래기 위해 장모님에게 꺼낸 말이 "이 집이 서울에서 한강 조망이 가장 좋은 집이니까 자연 일등 집입니다. 그러니까 제가 1등 집에 1등 색시하고 살아서 서울에서 가장 행복한 사람입니다"라고 장모님에게 말했더니, 장모님께서 한 수 더 나아가서 당신 딸을 일등 색시라고 여겨주니 딸 키운 보람이 있고 당신도 행복하다고 하셨다.

이처럼 이쁜 색시 덕분에 장서간에 즐거운 대화를 나눈 일이 있었다.

그동안 살아온 집 얘기를 해 보면 서울시의원 선거를 시작하면서 살 집을 선거구 안에 있으면서 방 5개가 있는 집을 찾다보니 잠원동 로즈빌로 이사를 갔고, 그 집에서 정치 활동하는 17년간을 살게 되었다. 정치를 마감하고는 가장 마음에 드는 집을 서울 전역에서 찾다보니 한남동 유엔빌리지에 있는 한남 타운하우스로 이사를 갔다.

1987년에 신축한 서울에서는 보기 힘든 영국식 전통 양옥으로 잔디밭을 가진 121평 대지에 지하실과 다락방이 딸린 2층 양옥인데, 한강 가에 바로 붙어 있어 앞에 가리는 것이 전혀 없으므로 조망이 아주 좋았다. 영국식 전통 가옥으로 제대로 지은 주택이라 냉난방비도 절약되어 오래 살 생각을 하고 이사를 했고 거기서 두 딸을 모두 결혼시켰다.

서울에서 한강조망이 좋은 집은 대부분 소음이 심한 폐단이 있는데, 이사 갈 때 23㎜ 페어글라스로 방음 문제를 해결하고 들어갔기 때문에 문을 열면 소음이 있지만 문을 닫으면 소음 걱정도 없어 살만 했다.

그런데 재개발 회사가 붙어서 7가구의 타운하우스를 헐고 18가구의 최고급빌라를 짓겠다고 살고 있는 집을 팔라고 졸랐지만 나는 여기서 오래 살려고 왔기 때문에 비워 줄 수 없다고 했다. 그래도 계속 팔기를 졸라 우리 집 때문에 재개발을 못하게 한다면 그것도 부담이 되므로, 결국에는 집을 넘겨주고 36억에 산 집을 78억 받고 팔게 되었고 양도소득세만 8억6,473만 원 납부했다.

타운하우스를 떠나 유엔빌리지 맨 꼭대기에 있는 힐탑트레져로 이사를 갔는데 이사 온 아파트는 동서향이 탁 트인 곳이라 동남쪽

한국에서 복이 두 번째 많은 남자

한강 조망이 수도권 최고인
한남동 유엔빌리지 언덕 정상에 있는
힐탑트레져아파트

(동쪽으로는 동호·성수·명동·청담대교와
롯데타워 너머 남한산성까지 보이고,
서쪽으로는 관악산과 남산타워가 한눈에
들어온다.)

으로 잠실 롯데타워까지 직선거리 8㎞가 다 보여 롯데타워에서 불꽃놀이를 하면 한남동 집에서 볼 수 있다. 따라서 동호대교·성수대교·영동대교·청담대교까지 한눈에 다 보이고 아차산과 남한산성을 동남향으로 볼 수 있으며 서남쪽으로 관악산과 남산타워가 한눈에 들어와 계절의 변화를 일러주는 풍광이 또한 일품이다.

특히 한강물이 청계천 합류지점에서 한남동 쪽으로 굽어 들어오기 때문에 입수대길(入水大吉)이며 힐탑트레져에서 잠실 쪽으로 보는 한강조망은 서울을 관통하는 100리길 한강 전체에서 무조건 일등 조망이라고 할 만하다.

이상과 같이 힐탑의 첫 번째 자랑은 한강조망이 장안 제일이라는 것과 두 번째 자랑거리는 한강변이지만 소음이 없는 것이다.

서울에서는 한강 양쪽에 강변북로와 올림픽대로가 각각 8차선으로 시공되어 있기 때문에 한강조망이 좋은 아파트의 99%는 소음을 피할 수 없다. 그러나 힐탑은 강변북로와 경의중앙선 전철이 둑 아래 깊이 깔려 있어 창문을 열어 놓아도 소음이 아파트에 들리지 않는 아주 특별한 장점이 있다.

82가구의 작은 아파트 단지지만 잘 설계된 정원과 한강이 멋있게 조화되어 한눈에 들어오는 풍광이 세 번째 자랑이라 하겠다.

5년 전에 이사 와서 이상과 같은 장안 제일의 풍광 속에서 행복한 노후를 보내고 있으며 내가 죽으면 아내 혼자 살기는 전용면적 70평이나 되는 너무 큰집이라서 내 사후 걱정을 해야 하는 문제점도 있지만, 지금 생각으로는 내가 죽을 때까지 살 생각이다.

4장

의정 활동
16년

01

한 번만 하고
그만둘 생각으로 시작한
서울시의원

3년 동안 칩거하면서 심신의 안정을 도모한 결과 편두통이 완치되지는 않았지만, 전체 건강이 회사를 경영할 정도는 되었고 다행히 회사일은 잘 되어 갔다.

내가 창업한 지 18년이 되는 1991년 지방자치가 30년 만에 부활되면서 서울시의원 선거가 시행된다는 것을 언론에서 보았다. 그리고 내가 경영하던 회사 ㈜동방포루마는 기본이 다져져 있어 걱정 없이 잘 돌아갔고 회사 자금도 넉넉하였으므로, 다른 사업 아이템을 찾아서 사업을 확장하는 것이 통상적인 사업가의 수순이었다.

즉 사업 확장 욕심이 생길 때였다. 그럴 때 마침 서울시의원 선거를 한다니 선거판에 나가서 바람을 좀 쐬면 사업욕이 좀 수그러질 것도 같다는 생각을 하게 되었다.

즉 사업 확장 의욕을 정치 쪽 외도로 수그러지게 해 본다는 뜻이다.

일단 서울시의원에 출마하기로 마음먹고 선거구를 골라봤는데, 나는 평소 정치에 관심이 없었기 때문에 정치권에 인맥이 거의 없었다. 그래서 선거에 붙어 볼 장소로 서초구 반포를 택하였으며, 반포를 택한 이유는 당시 우리 회사 제품 포루마가 아파트 옥상방수를 주름잡고 있었기 때문이었다.

반포에는 지금의 구반포아파트가 주공1차로서 1973년에 준공된 이후 반포 · 잠원 지구에서 한신공영이 주로 아파트를 아주 많이 지었는데, 구반포에서 강남대로 사이의 그 많은 아파트 중 절반 이상이 우리 회사 제품을 구매해 본 경험이 있을 정도로 포루마 방수재는 인기가 있었다. 그 당시 아파트들의 건축수준이 요즘 보다 낮아 옥상누수가 심했기 때문에 아파트 관리에서 옥상방수가 가장 어려운 문제였는데, 우리 회사 제품이 적정한 가격에 방수가 잘 되었기 때문이다.

그래서 내가 관리실이나 입주자 대표회의에 가면 인기가 있었으며, 나는 인기가 있으니 반포에서 선거를 해 보자는 생각에 반포 · 잠원지구를 지역구로 삼은 것이다.

정치권에서는 보통 지역구를 나오자면 공천 시 뒤를 밀어 줄 인맥과 함께 지역구를 선정하는데, 나는 정치권에 밀어줄 사람이 없으니 사업상 연고지를 찾게 된 셈이다.

선거직에 출마하면서 사업연고지 주민들에게 표를 얻어 보겠다고 출마하는 것은 아주 실패하기 쉬운 선택이며, 특히 방수공사 연고지에서 출마하는 것은 거의 자살에 가까운 선택이라는 것을 뒤에 알았다. 그 말은 건축공사 중에서도 방수공사가 하자가 많기 때문에 방수공사를 한 사람이 시공연고지에서 인기가 있을 리 없다는 의미이다. 그러나 내 경우는 포루마방수가 하자가 거의 없었고 가격도 적정했기 때문에, 방수공사가 갖고 있는 선거관련 트라우마의 덫을 넘어서서 그 자리에서 내리 4선을 연속 당선될 수 있을 만큼 인기가 있었던 것이다.

당시 선거법에 광역의원 출마는 정당공천이 없는 것으로 정해져 있었으므로 공천 걱정 없이 지역구를 반포·잠원으로 정하고 일단 이사를 갔다.

그러던 중 선거 몇 달 전에 광역의원은 정당공천을 받아야 출마하도록 선거법이 개정되었다. 공천 상황이 확 달라져서 걱정을 하던 중 마침 한나라당 서초갑지구당 이종률위원장 사무실에서 공천을 줄 테니 한나라당에 들어와서 같이 선거를 하자는 제안이 들어왔다.

이종율 위원장을 만났더니 학벌도 좋고 재력도 좋으니 같이 한번 해 보자고 했고 나도 흔쾌히 동의했다. 결과적으로 서초구 제1선거구인 반포·잠원 지구에서 서울시의원에 출마했고 4명이 출마했지만 여유 있게 당선됐다.

당시는 선거 와중에 정원식 총리가 밀가루를 뒤집어 쓴 밀가루 사건이 생겨서 표가 한나라당 쪽으로 확 몰렸다. 서울시의원의 총수가 통상 100여 명 되는데, 80% 이상을 한나라당이 차지했다. 서울시의원 선거 4번을 치루면서 늘 겪었던 일이지만 서울시민의 출신분포가 영남과 호남표가 비슷한데 충청표가 영호남 어느 한쪽으로 쏠리면서 서울시의원의 비율은 보통 8:2 이상으로 벌어지게 된다. 그래서 제3대 서울시의원 선거 결과도 한나라당:민주당 비율이 8:2로 된 것이다(서울시의회 1대와 2대는 1960년 지방자치 시 있었고, 1991년 서울시의회는 3대 의회임).

해방 당시 우리나라 인구 분포상 호남과 영남이 인구가 비슷했는데 영남에서는 구미·울산·창원 공단 등에서 공장이 많이 들어서면서 인구가 더 많이 증가했고 호남에서는 서울로 많이 올라왔기 때문에, 수도권 인구 분포에서는 영남출신보다 호남출신이 숫자는 조금 더 많았다. 그러나 선거가 붙으면 영·호남 세가 백중이었다.

서울시의원 선거에서 다수당 대 소수당 비율이 8:2로 벌어지지만 서울시장 선거에서는 득표수가 55:45 징도밖에 안 빌어진다. 즉 우리나라 선거구제가 소선거구제이기 때문에 서울시의원 선거에서도 득표수는 55:45이지만 실제 당선 의원 수는 8:2로 벌어지는 것이 우리나라 수도권 선거의 특징이라 하겠다. 이러한 선거구

제의 문제점을 바로잡기 위하여 중·대 선거구제로 바꿔야 한다는 여론이 많지만, 아직도 소선거구제가 그대로 유지되고 있다.

1991년 제3대 서울시의회에서 나는 전반기에 재경위원회 간사를 했고 후반기에는 재경위원장을 했는데, 서울시의회의 가장 큰 역할이 서울시 예산을 다루는 일이므로 재경위원회가 비중이 있는 상임위원회였으며, 내가 재경위원장을 할 수 있었던 데는 출신학교인 서울대학교 경제학과 졸업이라는 학력 덕을 본 것 같다.

02

의장 자리가 탐이 나서
4선까지 하고
국회로 갔다

처음 서울시의원을 시작할 때는 사업 확장 욕심을 줄이기 위하여 정치권으로 외도를 해 보겠다는 의도로 시작했으므로 서울시의원을 한 번 하고는 사업으로 돌아갈 것이라고 작정했는데, 4년을 하면서 느낀 것이 한두 번을 더 하면 의장도 해 볼 수 있겠다는 욕심이 생겼다.

1991년 당시 내 나이가 만 49세였으며 당시에는 의원들 나이가 다 많아서 나는 소장그룹에 들어갔으며 의장단을 맡기에는 나이가 너무 적었기 때문이다.

결국 의장 자리가 탐이 나서 4선까지 하게 되었는데, 2선과 3선 때는 민주당이 다수당이라서 의장자리는 다수당 몫이며, 부의장 자리가 2석인데 다수당과 소수당이 각 한 자리씩 갖는 구도였다.

2선 때 나는 소수당인 한나라당 몫의 전반기 부의장을 맡게 되었다.

소수당 부의장 자리는 의회 부의장 본연의 업무 이외에 한나라당을 대표하는 자리라서 정치적으로 할 일이 많았다. 또한 나는 회사 경영도 해야 하기 때문에 다른 의원들 보다 훨씬 바빴다. 그래서 골프를 안 치기로 하고 지금까지 골프채를 잡아 본 적이 없다. 골프를 안 친 데는 나만의 또 다른 이유도 있다.

즉 내가 자식이 4명이라 4명을 모두 반듯하게 키우려면 늘 시간에 쫓길 수밖에 없기 때문에 골프를 아예 포기하고 살아온 것이다.

또한 내가 바쁘니까 지역구 일은 대부분 아내가 맡아 처리했다. 당시에는 아내가 이성구 부의장의 보좌관이라는 명함을 찍어서 지역 행사에 참석하고 또한 민원업무도 처리했다.

아내가 민원을 접수해서 나한테 넘기면 나는 부의장 자리에 있었기 때문에 서울시 공무원들도 내 민원을 잘 처리해 주어 지역에서 아내는 보좌관으로서 민원을 잘 처리한다는 소문이 나서 인기가 있었다. 그리고 나는 아내가 사람을 만나 민원업무나 지역행사에 참석할 때 만나는 사람들에게 식사나 찻값 등을 아끼지 말고 넉넉히 쓰라고 했는데, 보통 의원들이 식사나 차를 대접받고 다니던 때라 내 아내가 경비를 잘 쓰고 다니니까 더욱 인기가 있었다.

원래 서울시의원을 시작할 때 내 입장이 그동안 사업으로 돈은 쓸 만큼 벌어 놨으니 어떤 비용이든 내가 좀 쓰자는 입장에서 시작했으며 아내에게도 넉넉하게 쓰고 다니라고 했던 것이다. 결국 나는 4선까지 하면서 지역관리는 대부분 의원인 내가 하지 않고 아내인 최효선 보좌관이 맡아서 한 셈이며, 따라서 지역에서는 이성구 의원 보다 아내인 최효선 보좌관이 더 인기가 있었다. 아내가 지역 일을 잘 처리해 주고 인기가 있었던 덕에 나는 한 번도 낙선하지 않고 4선을 내리 당선되었으며, 당시 서울시의원 중 4선 의원은 나를 포함해서 2명뿐이었다.

아내는 요리를 잘 하는데, 선거와 관계된 일이 하나 있었는데 그것은 떡 강의였다.

선거법이 점차 까다로워지면서 여러 사람에게 식사를 사면 선거법에 시비가 생길 수 있으므로 아내는 선거법을 피하는 방법으로 떡 강의를 했다. 즉 잘 아는 사람 집에서 떡 강의를 한다고 하고 20여 명 정도를 모아서, 참석자들에게 오늘 강의할 떡 레시피(두텁떡, 영양떡)를 돌리고 떡 만드는 강의와 더불어 떡을 큰 찜통에 한 솥 쪄서 같이 먹고 친목을 도모하였다.

그리고 떡 강의는 비용도 거의 안 들고 선거법을 피해 많은 유권자를 관리할 수 있었으며 나중에는 몰려오는 수강자를 다 감당할 수 없을 만큼 인기가 있었다.

내가 의정활동 16년 동안 의회 일도 하면서 회사 일을 할 수 있었던 것은 아내의 도움이 아주 컸다. 그러나 의장이 되고 나서는 고위직 공인의 양심상 일과 시간에는 회사일은 하지 않는 것을 원칙으로 했다.

국회와 마찬가지로 광역과 기초에서도 의장단을 4년 중 2년씩 나누어 전·후반기로 선거하는데 나는 2선과 3선 시 두 번 다 소수당 몫 전반기 부의장을 맡았으며 다수당인 4선 때도 전반기 의장을 했다. 의장과 부의장 선출 과정을 보면 전반기에는 의원들 서로가 잘 모르기도 하지만 선거가 끝나고 의장단 선출까지 시간이 없기 때문에 득표활동을 할 시간이 없다. 따라서 전반기 의장단 선출은 후반기보다 인물 위주로 선출되는 특성이 있는 반면, 후반기 의장·부의장을 하려면 2년 동안 함께 의정활동을 한 다음 선출이 되기 때문에 의정활동도 잘 해야 되며 득표를 위한 2년 동안의 많은 노력이 필요하다.

다행히 나는 전반기 부의장 2번을 모두 경쟁할 대상이 적어 쉽게 했다. 그리고 4선에서 한나라당이 다수당이 되었을 때 다행히 전반기 의장이 됐기 때문에 의장직을 2년 끝낸 다음 바로 17대 국회로 진출할 수 있는 시기가 맞았다. 이렇게 3번이나 전반기에 부의장·의장을 할 수 있었던 것은 이성구가 최다선이었고 학력과 청렴성이 서울시 공직사회 전체에 잘 알려져 있었고 또한 이성구 의원이 일을 잘 한다는 소문이 나 있었기 때문에 동료 의원들이 나한테 양보를 해준 덕이며 또한 나의 정치운도 좋았다고 생각된다.

만약 전반기에 못했으면 나처럼 골프도 못치고 편두통 때문에 술자리도 피하는 사람이 후반기에 의원들로부터 표를 얻기가 쉽지 않았을 것인데, 3번 다 전반기에 의장단에 선출되어서 의장과 부의장을 할 수 있었던 것은 내 입장에서는 대단히 다행한 일이었던 것이다.

"공인의 청렴성에 대한
표준을 제시하겠다"고 선언하고 다음과 같은
청렴에 대한 많은 실적을 남겼다

나는 공인의 가장 큰 덕목은 청렴이라고 여기면서 의정활동을 시작하였으며 그 결과 청렴과 관련된 많은 실적을 쌓았기에, 17대 국회 등원 포부에 앞으로 공인생활을 하면서 "공인의 청렴성에 대한 표준을 제시함으로써 정치권 정화에 일조하겠다"고 선언하고 이를 본인의 홈페이지에 수록하였으며, 또한 국회 재직 시에도 나의 청렴에 대한 실천은 더욱 강력해졌다.

한편 이제 자서전을 쓰면서 되돌아보면 정치권의 그 누구도 하기 어려운 '공인의 청렴성에 대한 표준제시'라는 엄청난 일을 하겠다고 공개적으로 선언하고, 이를 대부분 스스로 실천해 왔다는 것이 나의 16년 의정활동 중 가장 큰 보람으로 여긴다.

▮ 청렴 1호 실적 : 서울시의원 당선 직후 서울시에 기 등록되어 있던 업체 등록을 자진해서 취소했다

1973년에 수용성 아스팔트 방수재인 포루마를 국내 최초로 개발하여 국산 도막방수의 효시를 가져온 동방포루마 회사는 1981년에는 서울시 지정 우수방수재 및 방수공사 시공업체로 선정되어 서울시 및 각 구청이 발주하는 시영시민아파트의 방수공사를 업계에서 가장 많이 시공해 왔으며, 포루마 방수재는 저렴한 가격에 방수성능이 우수해서 회사 수익도 아주 좋았다.

그러던 중 나는 1991년 서울시의원에 처음 당선된 후 곧장 우리 회사가 서울시와 계약을 할 수 없도록 서울시 업체 등록을 스스로 취소시킴으로써, 그 후 의정활동 16년 동안 서울시 산하 관공서와 계약을 일체 하지 않았다.

1호 실적 내용을 좀 더 설명하면, 대학 졸업 후 나는 당시 최고 직장이던 은행으로 가지 않고 전쟁수당 주던 한진상사 월남현장에서 사업 밑천을 장만하고 31살에 방수재 제조업체인 동방포루마를 창업하였다. 창업한 지 18년 되던 1991년에 서울시의원으로 공인의 길로 나서면서 돈은 쓸 만큼 벌었으니 이제는 벌어둔 돈을 유용한 데 좀 쓰자는 생각과 더불어 서울시의원을 한 번만 하고 사업가로 돌아갈 생각으로 시작했다.

그리고 한 번만 하더라도 공인으로서 의미 있는 실적을 남길 것을 궁리하던 중 나의 조상 중에 괘편당 이영선조가 있으며 그분의 청렴성을 따라 해 보자는 생각이 들었다.

그래서 공인의 청렴성을 기치로 내걸고, 서울시와 산하 기관에서 많은 매출과 이익을 올리던 회사이익을 포기하고 서울시 업체 등록을 스스로 취소하는 초강수를 실행에 옮겼던 것이다.

당시 서울시에는 시민 시영아파트 방수공사보다 규모면에서 훨씬 큰 지하철과 상하수도공사 등에도 방수공사가 더 많이 있었는데 서울시 업체등록을 자진 취소함으로써 이 모든 영업기회를 포기한 것이므로, 이 내용을 들은 사람들은 선출직에 당선되었다고 잘해 오던 영업기회를 스스로 포기하는 것은 처음 봤다면서 나의 결단에 놀라면서도 공인이 되었기 때문에 공공사업 영업활동을 포기하는 나의 청렴성을 높게 평가했다.

※ 조선의 청백리 괘편당 이영公 : 이영공(永川李氏인 이성구의 16대 조부)이 제주목사를 마치고 돌아올 때 행장(行裝) 속에 평소 사용하던 말채찍이 들어 있는 것을 보고 배를 돌려 "이것도 관급품이니 내가 직접 제주 동헌에 말채찍을 걸어두고 간다"고 했다는 내용의 이 짤막한 일화는 초등학교 교과서에 등장하는 공인의 청렴성에 대한 잘 알려진 유명한 이야기이다.

　이 일 이후 제주 백성들은 제주 동헌을 괘편당(掛鞭堂, 말채찍을 걸어둔 집)이라고 불렀고, 공의 아호 괘편당도 이렇게 지어진 것이라고 한다. 병조참판을 지낸 이영公이 조선조 13대 명종 때 청백리로 선임될 때 왕께서 "괘편당의 청렴결백함은 해와 달과 그 빛을 다툴 만하다"고 찬미하시고 의복을 하사하셨다고 한다.

② 청렴 2호 실적

초선인 1993년 초 재경위원장 재직 시 큰아들 결혼식장에서 축의금을 일체 사절하였으며 부득이 서울시의회로 접수된 서울시장 이하 많은 공무원 등의 축의금 전부를 도서구매권으로 구입하여 축의금을 보낸 사람들에게 축의금액만큼 그대로 선물한 것은 서울시 공직사회에 산뜻한 청량제가 되었다(본 건은 장남이 고시 4관왕이며 행시 부부라서 당시 언론의 화제가 되기도 하였으며, 현재 장남은 서울지법 판사 4년 후 김앤장 법률사무소에 재직하면서 조세부분에서 국내 전체 변호사 톱 5에 들어가고, 큰며느리는 현재 여성가족부 차관 재직 중).

③ 청렴 3호 실적: 공무국외 여행경비 전액 반납(4번)

※ 다음 내용은 의원 재직 당시 의정보고서에 쓰여진 것을 그대로 인용함

이성구 부의장은 99년 6월 터키의 수도 앙카라시를 자매도시 상호교환방문 단장으로 다녀온 뒤 본인이 사용한 경비 전액(463만원)

일본 동경도의회 의사당에서 연설하고 있는 이성구 의장

(서울시의회와 동경도의회는 상대 의장이 의사당에서 5분 스피치를 하는 관례가 있음)

을 서울시 금고에 반납했는데 이는 서울시가 생긴 이래 처음 있는
일로 확인되었으며, 이번처럼 공무국외 여행경비 전액이 자진해서
반납되기는 건국 이래 처음 있는 일이라고 여겨진다.

서울시의회에서는 의장과 부의장 2명이 교대로 단장이 되어 자
매도시간 상호교환방문을 하기 때문에 제5대 서울시의회에서도
다시 부의장을 맡게 된 이부의장은 직분 수행상 부득이 공무여행
을 하지 않을 수 없게 되었으며, 이는 의원들의 해외여행에 대한
비난 여론이 높으므로 공금으로 해외여행을 하지 않겠다는 본인의
의지와 상충되기 때문에 고민 끝에 공무여행은 하되 여행비용은

서울시 금고에 반납하는 방법을 택한 것이라고 한다.

또한 이의장은 2000년 6월에도 북경시를, 2002년에는 동경시를 자매도시 상호 교환방문단장으로 다녀온 후 경비 전액을 반납했다.

아무튼 이의장은 지역의 민원이나 지역사업 수행에도 모범이 되고 있으며, 특히 그의 청렴성에 대해서 서울시 공직사회에 소문이 널리 나 있다는 것은 대단히 듣기 좋은 일이라고 하겠다.

4 청렴 4호 실적: 청렴성 강조한 법안 제출

17대 국회 재임 중 75건의 법률안을 발의하여 국회의원 299명 중 4등을 하여 2007년도 국회가 선정한 최우수의원 7명에 포함되었다(포상금 500만원, 06년에는 우수의원으로 300만원 수령).

특히 이의원이 제출한 법안들은

㉠ 특정 단체의 이익을 대변하지 않는다.

㉡ 예산이 많이 소요되는 법안은 만들지 않는다는 2가지 원칙하에 제출된 법안들이기 때문에 더욱 큰 의미가 있으며, 공인의 청렴성을 가장 중요하게 여기는 이의원 답게 공사 · 공단 · 공제회 등의 재정 투명성과 비리를 차단하기 위한 법률개정안을 특히 많이 제출했다

5 청렴 5호 실적

경조사 축·부의금 안 받기운동

2002년에 경조사 축부의금 안 받기운동본부를 설립하여 100% 자비(自費)로 안 받기 캠페인을 벌였다.

㉠ "알맞게 초대하여 축부의금은 받지 말고 접대만 하자.", "사회지도층부터 경조사 축부의금 안 받기운동에 앞장섭시다." 등의 대형 현수막 250여 개를 제작하여 전국 주요 간선도로에 부착했으며 ㉡ 안 받기운동 구호가 찍힌 타올 6,000여 장을 만들어 캠페인 시 사용했으며 ㉢ 이성구 본인 스스로 안 받기를 6번 직접 실천(부모님상, 4자녀 결혼식)했다.

모친상 관련 사과문을 신문에 광고하게 된 경위

(2003.7.21.자 조선일보와 동아일보에 실린 모친상 관련 사과문을 그대로 자서전에 실었으며, 당시 본 광고를 싣게 된 전후 사정에 대하여 설명하면)

2003년 7월 8일에 필자의 모친이 별세하셨으며 형님이 대구 축협 조합장으로 계셨는데, 축협 비서실에서 장남 이윤구 대구시 축협 조합장(차남 이성구 서울시의회 의장, 3남…)의 부고가 서울 일간지에까지 실렸다.

그리고 4형제 중 나 말고 다른 3형제는 통상의 상가처럼 상가 접수대에서 부의금을 접수하기를 바랬지만, 나는 의장 재직 시였

회원으로 안 받기 캠페인에 동참하고 있는 이성구 대표 가족

안 받기운동 구호가 적힌 현수막

으므로 ㉠ 많은 수의 조문객이 올 것이며 ㉡ 또한 통상의 관례를 넘어서는 큰 액수의 조의금이 접수될 수 있기 때문에 모친 상가를 공개해서 다른 형제들과 함께 접수대를 열어 조문객을 받을 수가 없었다. 또한 4형제 조문객 중 내 조문객의 조의금만 접수를 거절할 방법도 없었다. 그래서 나는 부득이 나와 관계된 모든 분들에게 노모가 아직 돌아가시지 않고 위독한 상태인데 돌아가신 것으로 오보가 나갔다고 속이게 되었다.

마침 상가가 멀리 대구에 있었기 때문에 서울에서 조문을 갈 경우에는 영안실 위치 등을 알기 위하여 의회나 집 또는 내 핸드폰으로 전화를 하였으므로, 서울시의회와 서울시 및 나의 지인들에게 오보라고 속여 원천봉쇄를 함으로써 문상을 오지 않도록 단속을 철저히 한 결과, 계획했던 것처럼 내 조문객을 뺀 채 장례를 잘 마칠 수 있었다.

장례를 잘 치르고 7월 12일에 나의 지인들과 이 사실과 관계된 모든 분들께 깊은 사과를 드린다는 사과문을 조선일보와 동아일보에 게재하였다.

※ 안 받기운동 관련 광고문이 포함된 신문광고문

〈광고문 축소판 내용을 확대하여 5쪽에 나누어 실었음〉

_(母親喪)
"모친상 관련 사과문"

1. 지난 7월 8일 03시에 저의 **모친이 노환으로 별세**〈89세〉

2. 2000년 7월 17일에 창립된 "경조사 축부의금 안 받기범국민운
   동본부"의 표어는 "알맞게 초대하여 축부의금은 받지 말고 접대
   만 하자"이며, 이번 저의 모친상 때도 꼭 와야 될 사람에게만 訃
   告를 보내어 弔問을 하도록 하되 부의금은 받지 않고 접대를 잘
   하는 것이 바람직한 방법입니다만,

3. 제가 4형제 중 둘째로 그동안 모친을 모셔온 형님이 당장은 안
   받기를 실행할 처지가 못되므로, **형님 조문객과 분리해서 저의
   조문객들만의 조의금 접수를 사절시킬 방법이 없었기 때문에,**
   저는 2번의 가장 바람직한 방법을 포기하고 부득이 저의 知人
   들에게 모친상을 알리지 않고 상을 치루기로 계획하였습니다.

4. 그런데 형님의 직장에서 저도 모르게 부고가 언론에 나갔는데,
   그 속에 4형제가 모두 소개되면서 "聲九 (서울시의회 의장)"이라
   는 내용이 9일자 도하 각 신문에 나가게 됨에 따라, 부득이 저
   와 관계되는 모든 분들에게 **노모가 아직 돌아가시지 않고 위독**

한 상태인데 돌아가신 것으로 오보가 나갔다고 속이게 되었습니다.

마침 喪家가 멀리 대구에 있었기 때문에 서울에서 조문을 할 경우에는 영안실 위치 등을 알기 위하여 의회나 집 또는 저의 핸드폰으로 전화를 하였으므로, 서울시의회와 서울시 및 저의 많은 知人들에게 오보라고 속여 원천봉쇄를 함으로써 문상을 오지 않도록 단속을 철저히 한 결과, 계획했던 것처럼 형님 조문객과 일가친척만으로 장례를 잘 마칠 수 있었습니다.

※ 이번 저의 조문객도 지난 저의 부친상 때처럼 친구 5명만 문상을 했으며 조문 온 친구들에게도 모친상을 1주일 동안은 외부로 절대 알리지 못하도록 했습니다.

※ 제가 안 받기운동을 함에 따라 저의 조문객으로부터 들어올 조의금이 없으므로, 형님에게 제 돈 1,200만원을 드려서 장례비에 쓰도록 했습니다.

5. 이상의 과정에서 저의 知人들에게 신문사의 부고가 오보라고 거짓말을 한 것에 대하여 저의 知人들과 해당 모든 신문사에 깊은 사과를 드립니다.

※ 조문 대신 조전(弔電)을 보내주십시요!

평소 저를 사랑하는 모든 知人들께서는 제가 이번 모친상에 부고를 보내지 못한 것을 이해하여 주시고, 問喪 대신 늦었지만 아래 주소로 弔電을 보내 주시면 진정 감사하겠습니다(단, 부의금은 절대 사절이오니 양해하여 주십시오).

서울특별시 중구 태평로 1가 60-1 서울특별시의회 이성구 의장
전화:02-723-6981/H.P:011-228-3920

경조사 축부의금 안 받기운동

1. 경조사 축부의금 안 받기본부에서 권장하는 방법은 "알맞게 초대해서 축부의금은 받지 말고 접대만 하자"이며, 저도 장남 결혼식 때는 **알맞게 초대한 후** "축의금을 정중히 사절한다"는 문구를 결혼식장 접수대에 붙여서 **모든 축의금을 사절하고 식사 접대를 잘 했을 뿐** 아니라, 서울시의회로 접수된 서울시장 이하 많은 공무원들의 축의금 전부를 도서구매권으로 구입하여 축의금을 보낸 사람들에게 축의금액만큼 그대로 선물한 결과, 서울시 공직사회에 산뜻한 청량제가 되었다는 평가를 받았습니다.

2. '선진국으로 진입하면서 꼭 버리고 가야 할 부끄러운 관습'

– 경조사 돈봉투만은 꼭 없애야

우리나라에서도 해방 전까지만 해도 이웃이나 친지 간에 경조사가 발생하면 진심으로 슬퍼하고 함께 기뻐하였지만 부조는 받지 않고 접대만 하는 것이 일반적이었습니다(단, 노동력의 품앗이가 보편화되어 있었으며 특히 가까운 친척 간에만 음식을 만들어 서로 도왔으며 경제적인 지원은 상조회를 이용하였습니다).

그러나 해방 후 산업화과정에서 배금주의와 편의주의가 만연되면서 특히 과시하기를 좋아하는 국민성 때문에 자기 잔치에 많은 하객들이 왔다고 자랑하고자 알 만한 사람은 모두 초대하였으며, 돈봉투를 받기 때문에 초대 인원이 많을수록 더 많은 돈이 남게 되므로 자연 결혼식 규모가 계속 확대되어 왔습니다.

이처럼 우리 경조사문화가 **동서양에서도 그 유례가 없는 초대규모 돈봉투문화로 전락하게 된 것은** 현금수수가 주범이기 때문에, 돈봉투가 없어지면 자연 모든 경조사에서 꼭 와야 될 사람만 초대되어 접대를 받으면서 함께 기뻐하고 함께 슬퍼하는 경조사 본래의 목적대로 돌아갈 것입니다.

이제 우리나라가 선진국으로 진입하면서 꼭 청산하고 넘어가야 할 진정 부끄러운 관습 중의 하나가 바로 경조사에서 현금을 주고받는 일이라고 여기면서 뜻을 같이하는 사람들이 모여 경조사 축부의금 안 받기범국민운동본부를 설립한 것입니다.

※ 타문명국에서는 상가(喪家)의 돈봉투는 빈민 구호금으로 생각

세계의 거의 모든 타문명국에서는 喪家의 부조금은 빈민구호금으로 여기므로(모욕감을 줌) 주고받지 않으며, 결혼식은 교회나 사찰 등에서 간단하게 하거나 아주 크게 할 경우도 가까운 친척과 특히 친한 친구만을(양가 합하여 50여 명 정도) 초대하여 가든파티 등으로 접대하면서 함께 즐기지만 우리처럼 돈봉투는 받지 않습니다.

3. 1) 본 운동은 안 받기운동이며 안 주기운동이 아닙니다(주는 문제는 기 받은 것을 갚는 문제가 있으므로 본 운동 초기에는 제외시켰음).

2) 애경사에 대비한 상조회의 전달금은 받으며, 안 받기 대상은 현금 봉투에 국한되므로 정성스런 선물은 반갑게 받습니다.

서울특별시의회 의장
전국시·도의회 의장협의회 회장
경조사 축부의금 안받기 범국민운동본부 대표

이 성 구 드림
(안받기 4번 실천)

6 청렴 6호 실적

㉠ 17대 국회의원 시 후원회를 구성하지 않아 정치후원금을 일체 접수하지 않았다.

㉡ 공인이 된 후 인사 및 영업청탁에 개입한 적이 한 번도 없었다.

5장

자작시와
토막 이야기
모음

자작시

추야모정 (秋夜慕情)
別題 : **가을달을 닮은** 女人

無心한 가을달을
그 누가
虛空에 매었던고?

해처럼 뜨겁지 않으려면
별처럼 밝지나 말아야지

오동잎 지는
이 한밤을
설레이지 않았을걸!

짝사랑

퇴근길에 만나자고
　　　　　님에게 전했건만
오마지 않던 님이
　　　　　올 리가 없을 텐데
그래도 행여나 싶어
　　　　　자리 못 떠 하노라!

※ 결혼 전 부인을 짝사랑하던 중, 이 詩 두 首로 부인의 마음을 꼬
　　셨던 사연이 있는 詩

철없던 소년

1. 6.25때 9살이던 나는
   유난히도 철이 없었던가 보다

   이산가족에 대비한
   식구별 피난배낭이 생긴 것도
   신이 났지만
   내 배낭속 미숫가루가 먹고 싶어
   우리도 속히 피난 가자고
   어른들에게 졸라댔으니 말이다.

   나중에 알고 보니
   우리 동네가
   피난 안 간 첫 번째 동네였다고 하였소이다.

2. 한 甲子 세월이 흘러
   이제야 참전용사기념비를 세우지만

   조국의 번영이 모두
   임들의 희생 위에 세워졌음을
   한시도 잊은 적이 없었노라고
   이 비에 새겼나이다.

나는 대구시 팔공산 밑에서 태어나서 공산초등학교를 나왔다.
2008년에 대구시 동구 미대동 공원에 참전용사를 위한 '6.25 참전용사기념비'를 세웠는
데, 당시 국회의원이던 필자도 기념비에 쓸 글을 요청받게 되었고, 나는 6.25때 겪었던
일을 詩로 써서 기념비에 새기게 되었다.

대학시절과 서울시의회 의장 때의 自作詩 소개

(본 글은 서울상대 18회 동기회보(2013년)에 실린 글을 본 자서전에 옮겨 실은 것임)

1. 어느 경제학도의 푸념

경제학 한답시고 케인즈를 열공해도
아침부터 감자죽은 말사스 탓이런가!
아, 피구의 복지경제는 언제 오려 하느냐?

※ ① 이 시조는 내가 대학 4학년 때 지은 것인데, 17대 국회에서 여러 의원들의 자작시와 낭송시를 엮어 시집(시집명: '정치, 詩에서 길을 찾다')을 발간하고 국회방송에서도 각 의원들이 자기 작품을 직접 낭송한 일이 있었는데, 국회 시집에 실린 본인 작품 중 대학시절에 지은 시조 1首를 동문지에 소개하면서, 국회방송에서 방송되었던 내용도 함께 수록합니다.

② 〈당시 방송된 멘트를 그대로 옮김〉
이 시조를 쓰게 된 배경을 잠깐 말씀드리면, 1930년대 대공황 이후 세계 경제학계를 풍미했던 케인즈 열풍, 식량은 산술급수적으로 늘어나지만 인구는 기하급수적으로 증가하기 때문에 인

류가 기아에서 헤어날 수 없다고 했던 말사스의 인구론 그리고 피구의 후생복지경제학, 이러한 세계 경제학계의 거성들을 경제사적으로 잘 배열시켰다는 평가를 해주는 사람들도 간혹 있는 시조입니다.

자취 마감하는 날 감자죽을 끓여먹던 감회 새로워

1960년대 당시 지방에서 서울로 유학 온 학생들 중 저처럼 하숙하기가 어려웠던 학생들은 가정교사로 입주하거나 학교 근처에 방을 얻어서 매식 또는 자취를 많이 했죠. 이 시조도 제가 자취하던 때 나온 것입니다.

어느 날 자취를 마감하고 매식을 하기로 결정한 다음, 아침 식사를 지으려고 하는데 쌀이 밥을 짓기에는 모자랐습니다. 자취를 그만두기로 했기 때문에 쌀을 더 살 필요도 없었으므로, 남은 쌀과 감자랑 모든 재료를 다 넣어서 감자죽을 끓여서 아침식사를 맛있게 먹었지요. 그런 다음 그 감회를 이 시조 한 首에 담았습니다.

※ 이번에 게재된 시에는 본인의 호가 '無號'인데 목우회보의 '동문들의 아호 공지란'에는 '一滴'이라고 되어 있는데 대하여 해명합니다.

30년 전쯤 한때 한가한 시절이 있었는데 그때 아호를 짓겠다고 여러 가지 궁리를 하던 중 '내 주제에 아호가 가당치 않다'라는 뜻에서, 즉 '나는 아호 없다'는 의미의 '無號 = 호 없음'을 정식 아호로 썼습니다. 상당히 센스 있게 호를 지었다고 해서 당시 지인들과 '着號酒(착호주) = 아호를 작명한 후의 뒤풀이 술'까지 먹었던 기억이 납니다.

그런데 세월이 바뀌어 나이가 들고 보니 아호에 더 깊은 의미를 담고 싶어, 一滴(물방울 하나 = 즉 오대양이 다 물이지만 그 본질은 물방울 하나에서 시작한다)을 호로 쓰고자 목우회보에서 아호를 신고하라고 하길래 '一滴'(일적)을 신고하였습니다. 아울러 동문들께서 '無號와 一滴' 中 어느 것이 더 좋은지 高見을 말씀해 주시면 그 쪽으로 아호를 확정할 작정입니다.

2. 서울시의회 의장 때의 自作詩

노무현정부가 대선공약으로 내세운 수도이전을 강행함에 따라 당시 서울시의회의 의장이던 저는 수도이전반대 대책위원장을 맡아 반대 1,000만 명 서명운동을 전개하는 등 수도이전 반대운동을 열심히 펼쳐 왔습니다.

그러나 불행하고 부끄럽게도 2003년 12월 29일에 '행정수도이전 특별법'이 국회에서 통과되고 말았습니다. 법이 통과된 그날 밤 저는 밤새 잠을 못자고 그 울분을 담아 다음과 같이 自作詩를 지었습니다.

(2004년 1월 7일 서울시 신년인사회에서 낭독하여 많은 박수를 받았습니다.)

서울아 네 모습이 처량하구나

別題 : 수도 서울을 팔아 충청표를 사다니

오호 통제라 진정 부끄러운지고!

수도 서울을 팔아 충청표를 사다니

아무리 서울이 임자 없는 도시라지만

97명이나 되는 수도권 국회의원들은 무엇을 했길래

충청의원 24명에게 당하여

'신수도건설법'이 국회를 통과했단 말인가?

오 슬픈지고! 600년 도읍지인 수도 서울아

네 모습이 처량하구나!

이 나라 4대 정당 모두가

480만 충청표에만 눈이 멀어

2,300만 수도권 주민표는 안중에도 없구나!

지난 대선공약으로 수도이전 말이 돌았을 때

이 땅의 상식인은 모두가 선거용으로 끝날 줄 알았다오.

허나 아뿔사

마치 철부지 남녀가 불장난으로 애를 배듯이

이제 정작 법까지 통과됐으니

사생아지만 임신이 된 것이 틀림없소이다.

서울시의회 건물 앞에서
수도이전 반대를 주도하던
이성구 의장

허나 국민의 75%가
바라지 않는 사생아라면
하루 속히 지우는 것이
상책이렷다.

자 서울아 너무 슬퍼만 마라
곧 통일이 올 텐데 남행(南行) 천도가 말이 되느냐?
총선용 충청표에 넋을 뺏긴 정치인들이 손바닥으로 하늘을
가렸지만,
저들이 어찌 서울 하늘을 다 가릴 수야 있겠느냐?

서울아 힘을 내라
너를 지켜 줄 수도 지킴이 부대가
이렇게 두 눈 시퍼렇게 뜨고 있는데 무엇이 두려우냐?
그리고 지금은 천도할 때가 아니라고 생각하는
8할의 애국 국민이 반드시 너를 지켜 줄지어다.

① 당시 서울시의회는 "한반도 통일시대 南行 천도 가당찮다" "수도이전 強行 말고 국민투표 먼저하라" 등의 대형현수막을 붙이고, 제가 앞장서서 이전 반대운동을 펼치다가 저는 2004년 2월 15일에 17대 총선출마 때문에 서울시의회를 떠났으나, 다음 의장단이 더욱 열심히 하였습니다. 그 결과 2004년 10월 21일 헌재에서 위헌결정을 받아 '행정수도이전 특별법'은 무산되었습니다.

② 그러나 노무현 정부와 당시 다수당인 민주당은 2005년 3월 2일자로 '행정중심복합도시건설법'을 만들었으며, 그 결과 요즘 행정부처들이 세종시로 이전한다고 난리 중입니다.

수도 이전을 반대했던 이유

(저의 詩를 이해하는데 도움이 될 듯하여 제가 의장 시 각종 공식행사에서 연설했던 내용을 당시의 메모지에서 정리했습니다.)

수도 이전을 주장하는 사람들의 수도 이전 主理由가 '수도권 과밀에 따른 교통체증과 대기오염 및 지역균형 발전을 위함'이라고 했는데,

① 지역균형 발전에 대하여

수도 이전은 멀리 가야 대전 정도 갈 것인데, 서울-대전 간은 현재도 잘 발전되어 있으며, 이는 결과적으로 수도권만 더 광역화되는 것임(따라서 영남·호남·강원지역은 상대적으로 더욱 소외).

② 교통 문제

자동차 교통은 전국 큰 도시 어디를 가도 해결 不可. 따라서 오히려 수도권에서 광역 지하철망으로 해결함이 유리(전국 대도시의 자동차 주행속도를 비교해 보면 오히려 서울이 유리하며, 지방에서는 지하철 승객이 없어서 유지가 곤란)

③ 수도권 과밀화에 따른 대기오염

전국 대도시의 대기오염을 비교하면 서울과 비슷하며, 서울시 대기오염원의 상당 부분은 자동차 매연으로 앞으로 자동차 매연도 점차 해결되고 있음.

④ 그 외 인구집중에 따른 대도시 문제 중 주택, 교육, 관광, 레저문화, 자연환경, 휴식처, 공항, 물류, 상·하수도 등의 문제들을 해결하는 데도 수도권이 가장 유리함.

을지로 입구 지하철역에서 수도이전반대 서명중인 이의장과 서울시의원들

이의장의 수도이전반대 캠페인현장이 KBS 9시 뉴스에 방영

⑤ 수도 이전에 따른 부작용은 지면 관계로 생략.

⑥ 〈결론〉

이처럼 수도권 과밀화에 따른 피해가 실제로는 많지 않을뿐더러, 설령 수도를 옮긴다고 하더라도 이러한 문제들이 더 좋아질 수 없는데도 당시 정부와 정당들이 이를 과대포장하여 수도 이전을 충청권 득표전략, 즉 충청도 표몰이에 이용하고 있는 것입니다.

통일되는 날 서울이나 평양으로 다시 옮겨야

아무튼 세종특별자치시가 만들어지고 현재 행정부처들이 이전 중에 있으므로 이젠 이전 반대를 주장해 봤자 의미가 없으므로 지금은 결과를 지켜볼 수밖에 없는 입장임. 나아가서 통일이 오면 그때는 서울로 모으든지 아니면 평양으로 가든지 그때 가서 걱정해야 할 것임.

(본 글은 서울상대 18회 동기회보(2013년)에 실린 글임)

반포1동 부녀회의 비빔밥 솜씨

머슴을 잘 먹여야 도둑을 잘 지킨다고
신토불이(身土不二) 농산물로 비빔밥을 지었다네.
팔진미(八珍味) 오후청인들
이 맛에 비길 소냐!

1994년 7월 3일

※ 선거지역인 반포1동 부녀회에서 관내 파출소 경찰들의 점심을
   준비한 자리에 필자도 참석하여 비빔밥을 얻어먹은 후, 한 首 지
   었음

화 랑 담 배

남들은 신사복에 상록수를 물망정
때묵은 방한복엔 화랑이 제격일세 !
그나마 미불출말고 육군정량 다주어라.

※ 필자는 육군 빵빵군번(당시 대학 재학생들에게 18개월 단축 복무
혜택을 주던 제도)으로 만기 제대했다.

18살(고2학년) 때 배운 담배를 37살까지 피웠으며 하루 1~3갑
씩 태우던 친연(親煙) 체질이었다. 특히 군 시절에는 담배 질보
다 양이 부족했던 터라 하루 10개피씩 주던 화랑 담배가 제 날짜
에 안 나오고 배급이 미뤄져서 속상한 일이 많았는데, 그래서 미
불출하지 말고 제때 달라고 한 쁩 적은 것이다.

미세먼지 없는 세상, 그립구나!

겨울엔 삼한사미 봄철엔 황사천지
일 년 중 맑은 하늘이 며칠이나 되던고?
보름 전 불던 강풍아 너 오기만 기다린다!

디젤차가 주범인가 중국발이 문제인가?
공기 좋아 시골살이 다 헛말이 되었구나.
공명(孔明)의 동남풍 빌려 다 날리면 좋겠네!

2020년 4월 13일

※ 우리나라 겨울철 날씨 특징이 삼한사온(三寒四溫)이었는데. 미
　세먼지가 많아진 이후는 삼한사미(三寒四微, 4일은 미세먼지 많
　은 날)로 바뀌었다 함.

02

토막 이야기
모음

우리나라 100대 가문에
이성구가문이 포함되기를 희망한다

＊ 본 글은 이성구가문의 모든 권속들의 자긍심 고취와 더불어 더 열심히
  노력하여 가문을 계속 발전시키자는 의미에서 가문 내 권속들이 읽을
  글이있으나, 가문 밖에서도 읽어주면 더욱 의미가 커진다 싶어 이성구
  자서전에 실었으니 이해 바랍니다.

필자가 77회 생일을 맞아 자녀 4남매가 차린 '아버지 생신잔치' 자리에서 나는 이성구가문이 우리나라 100대 가문에 들어간다고 공식 선언했다.

그리고 100대 가문이라는 말은 흔히 쓰는 말이 아닌데도, 100대 가문이라고 한 것은 우리 가문이 대단히 훌륭하다는 것을 우리 식구 모두가 다시 인식하고 아울러 우리 가문이 더욱 빛나도록 각자가 눈부신 노력을 하자는 의미라고 설명했다.

그리고 100대 가문의 자격요건에 대해서는 대부분의 사람들이 공감할 수 있도록 객관적인 기준을 설정했다.

명가문이 되자면 명예와 재산이 일정수준 이상이 되어야 함은 당연할 것이며 또한 명예와 재산의 형성 과정도 중요하다고 하겠다. 명예와 재력이 대단하여 크게 이름을 날렸지만 명예의 질에서 대접받을 수 없는 명예도 있으며 또한 큰 재산은 모았지만 그 형성 과정에 하자가 크다면 그 또한 명문가 자격이 없다고 봐야 할 것이다.

그래서 명문가가 되는 기본 핵심요건을 명예와 재산 그리고 자식들의 성공 이상 3가지를 일정 수준 이상 골고루 갖추되, 3가지 요건의 질적인 면에서도 큰 하자가 없는 집안을 명문가의 자격이 있다고 정의하고자 한다.

이상과 같은 3가지 기본 조건에 부합한 집안을 찾는 방법을 다음과 같이 정리해 보았다.

① 첫 번째로 명예는 장관급 관직을 했느냐와 관직은 아니지만

사회 각 분야에서 장관급에 견줄 만한 명예를 얻었느냐로 기준을 잡았다.

내가 국회의원과 서울특별시의회 의장을 지냈는데 국회의원이 장관급이고, 서울시장은 장관급이며 서울시장과 서울시의회 의장이 동급이니 의장도 장관급이다. 따라서 내가 장관급 두 자리를 한 셈이다.

② ㉠ 1948년 정부 수립 이후 2018년 10월 1일까지 총리45명+장관956명+대법관135명+제헌의원부터 20대 국회까지 국회의원 4,398명 이상을 합하면 장관급이 5,534명이 된다.

㉡ 그리고 해방 이후 사회 각 분야에서 장관직에 견줄 만한 명예를 획득한 사람을 3,000명 정도로 가정하면, 이상 ㉠+㉡=8,534명, 즉 해방 후 장관급 명예를 지닌 사람이 8,534명이 된다.

③ 명가문이 되는 기준으로 전국 개인 보유 재산 순위를 2,000등 이내인 사람으로 정해본다. 그리고 나는 내 재산이 전국 개인 순위로 1,000등 안에는 넉넉히 들어간다고 평소 여기고 있다(재산의 금액을 적시함은 촌스러울 것 같아 생략함).

그리고 ②번의 장관급 이상의 명예를 지닌 사람 8,534명 중 재산이 2,000등 안에 들어갈 수 있는 사람을 4% 정도라고 보면, 장관급 명예와 재산 2,000등 이내를 겸한 사람이 342명이 된다.

④ 그리고 가문을 따지자면 본인의 명예와 재산도 큰 몫이지만,

명가문이라면 대를 이어가는 의미가 포함될 것이므로 자식이 잘되야 가문이 계속 빛날 것이다.

　　그래서 ③번의 재산과 명예를 갖춘 342명 중 자식이 잘되어 있는 집을 15% 정도라고 보면(본 자서전 128쪽 장한어버이상 수상 참조), 장관급 명예와 2,000등 이내의 재산을 갖고 있으면서 자식을 아주 잘 키운 사람은 52명이(342명×15%) 된다.

⑤ 그리고 건국 후 대통령을 지낸 12명과 우리나라 30대 재벌 30명은 관직이나 자식들의 상황을 따지지 말고 100대 명문에 포함시킨다면, 대통령 12명+30대 재벌 30명+④번의 명예와 재산을 고루 갖추고 자식까지 잘 키운 52명을 합하면 94명이 된다.

　　그리고 이상의 계산방식에서 혹시 빠진 명가문 6명을 더 포함시켜 합계 100명으로, '우리나라 건국 후 100대 명가문'을 구성했다.

이성구는 공직에 있을 때

① 청렴에 대한 많은 실적과 이성구 하면 청렴하다는 이름을 남겼으며(본 자서전 84~99쪽의 청렴 실적과 134쪽의 정치를 마감하는 인사말 참조),

② 건축자재인 방수재 제조회사 (주)고마스방수(구.동방포루마) 회사를 창업하여 1973년 수용성 아스팔트를 국내 최초로 생

산하여 도막방수의 효시를 가져온 이래 현재까지 고무·아스팔트·폴리머 계열 방수재 분야에서 1위 기업으로서 국내 방수업계를 선도해 왔다. ((주)고꽈스방수 홈페이지 참조)

③ 또한 창업 이래 현재까지 무차입 경영을 해오고 있으며, 48년 동안 한 번도 적자를 내본 일이 없는 제조업에서 한 우물만 판 사업가이다(납세의무 성실 이행으로 국세청장 표창받음. 최근 5년간(2016년~2020년) 이성구 개인이 낸 종합소득세의 합계가 48억3000만원으로 1년에 종합소득세 9억6600만원씩 납부했으며, 2021년 1월부터 건강 보험료 상한선이 인상되어 3,929,900원씩 납부하고 있음).

④ 이성구와 아들 2명과 사위 2명이 모두 군복무를 마쳤으며, 이성구 가문은 4자녀에 손주가 9명으로 번창하는 가문이며 국가최고역점시책인 출산율 증가에 일조했다

명문가의 핵심 3가지 기본 조건은 아니지만 명문가가 되자면 사회봉사를 한 실적이 있으면 더 좋을 텐데, 이성구가문에서는 3명(이성구 본인, 부인 최효선, 장남 이상우)이 아너 소사이어티 회원으로 참여하고 있으며, 2020년 12월 31일 현재 1억 이상 개인으로 기부한 아너 소사이어티 회원 2,511명 중 한 가족 3인 이상 아너 회원인 페밀리 아너 숫자는 49가족(172명)이다.

또한 이성구 회장이 경영하는 (주)고꽈스방수는 매년 말에 1,000만원씩을 14년째 이웃돕기성금으로 KBS방송에 기탁해 왔다.

이상에 보듯이 이성구가문은 핵심 3가지 조건(명예 · 재력 · 자식들의 성공)과 도덕성 및 사회봉사의 양과 질 면에서 골고루 부합하므로, 우리나라 100대 가문의 자격이 넉넉히 있음을 감히 밝힌다.

※ ① 이상과 같이 이성구가문이 우리나라 100대 가문에 포함될 자격이 있다고 설명하였으나, 이성구의 이름이 널리 알려져 있지 않아 선뜻 이해가 안 되기 때문에, 본 글의 제목을 "우리나라 100대 가문에 이성구가문이 포함된다"라고 하지 않고, "우리나라 100대 가문에 이성구가문이 포함되기를 희망한다"라고 썼다.

② 아울러 이성구가문의 권속들은 가문을 계속 발전시켜 우리나라 100대 가문에 이성구가문을 남들이 먼저 손꼽을 수 있도록 만들어 주기 바란다.

2020. 12. 31.

이 성 구

아호 관련 이야기

40년 전쯤 시를 몇 수 지은 후에 호가 있으면 좋겠다는 생각으로 아호를 지었는데, 나는 평소 空(빌공)자를 좋아했던 터라 空의 對字(대자)인 찰만자(滿)를 붙여 만공이라고 지었다. 그런데 만공이라고 지은 후 두어 달도 안 되어 신문에 만공스님이 입적했다는 기사가 크게 보도되었다.

나는 만공스님에 대하여 전혀 아는 바가 없었으므로 만공이라는 호를 사용했지만, 결과적으로 만공이라는 호를 쓰다 만공스님에게 들킨 기분이 들었다.

그래서 만공을 버리고 다른 호를 지으면서, 내 주제에 아호가 가당치 않다는 뜻에서 나는 아호 없다는 의미의 無號(무호=호 없음)를 정식 아호로 썼다.

상당히 센스 있게 호를 지었다는 평을 들으니 기분이 좋아서 당시 친구들과 착호주(着號酒 = 아호를 작명한 후의 뒤풀이 술)까지 먹었던 기억이 난다.

그런데 세월이 바뀌어 나이가 들고 보니 아호에 더 깊은 의미를 담고 싶어 一滴(일적 = 물방울 하나 = 즉 오대양이 다 물이지만 그 본질은 물방울 하나에서 시작한다)을 서울상대 수첩에서 내 아호로 쓰기 시작했다.

그래서 내 아호가 국회의원 수첩(헌정회)과 중고등학교 수첩에는 無號로 되어 있고, 대학수첩에는 一滴으로 되어 있다.

그러다가 3년 전쯤 내가 한국에서 가장 복이 많은 남자라는 의미의 최다복남(最多福男)에서 따온 복남(福男)으로 호를 하나 더 지었다.

복남이가 대단히 촌스러운 호는 분명하지만, 나를 잘 아는 지인들은 내가 복이 아주 많은 사람이라면서 나를 부러워하는 것을 자주 겪었는데, 아호나 인생을 얘기하면서 복 많다는 말 보다 더 의미 있는 단어는 없다 싶어 福男이라는 호도 같이 쓰기로 한 것이다.

결국 3개의 호를 쓰고 있는 셈인데, 호를 하나만 쓰기도 부족한 문필가로서 좀 쑥스럽지만 3개의 호가 다 마음에 들어 계속 3개를 다 쓸 생각이다(추사는 호가 20개도 넘었다고 한다).

요즘 내 명함에는 마지막 지은 福男이 인쇄되어 있으며, 참고삼아 아호가 적힌 이성구 명함 앞뒤 면을 자서전에 실어 봤다.

(주)**고봐스빌딩**
(주)**고봐스방수**
(구. 동방포루마)

방수재생산·시공의 名門

會 長 **李 聲 九**

E-mail:rsk824@naver.com
http://www.bangsuwang.com
(방수왕)

본 사 : 서울특별시 용산구 한남대로 11길 12
고봐스빌딩 4층
전화 : (02) 7 9 0 - 9 2 0 0
공 장 : 인천광역시 서구 원당동 222-9

• (現) 대한민국 헌정회 운영위원

• 서울대학교 경제학과 졸업

• 서울특별시의회 의장

• 전국시도광역의회 의장협의회 회장

• 국회의원

※ 아호 : 무호(無號) → 일적(一滴) → (복남)最多福男
             (물방울적)   (한국에서)

이 성 구 명함

제 644 호

표 창 장

장한어버이상

성 명 이 성 구
1942 년 3 월 17 일생

귀하께서는 평소 품격높은 어버이의 위
상을 정립하고 숭조효친의 실천자로서 자
녀에 대한 자혜로운 가정교육의 탁월한
공적이 타의 귀감이 되었기에 본상을 수
여 하나이다.

2013 년 10 월 11 일

(사) 한 국 효 도 회
이 사 장 배 갑

공적사항

1. 자녀(4남매)현황

① 장 남 (이 상 우)

서울대학교 경영대학 졸업

핵심고시 4관왕 합격(사시, 행시(재경직), 공인회계사, 미국공
인회계사)

서울지법 판사 4년 후 현재 법무법인 김앤장 재직

② 차 남 (이 종 우)

연세대 경제학과 졸업

공인회계사, 미국공인회계사, 국제재무분석사(CFA) 합격

현재 딜로이트 안진회계법인 상무이사 재직

③ 장 녀 (이 효 정)

숙명여대 대학원 졸업

(사위 : 고려의대(이비인후과 전문의)졸업

현재 고대 의대 안암병원 임상교수 재직)

④ 차 녀 (이 효 온)

서울대 경제학과, 이화여대 로스쿨 졸업

변호사 시험 합격, 현재 법무법인 김앤장 재직

※ 참조

① 4남매가 모두 전문직(변호사, 의사, 회계사)에서 제몫을 하고 있음

② 가훈을 "正道"로 하고, 인성교육에 노력한 결과 4남매 모두 남을 배려하고 책임감과 이해력 있음

③ 4남매 모두 유학을 간 적이 없음

④ 정치인이나 경영인은 대부분 골프를 치나, 아버지 이성구는 4남매 양육에 충실하고자 골프를 배우지 않았음

2. 사회 지도층 인사(정치인, 경영인)로서의 타의 귀감이 되는 공적사항

① 종합방수재 제조업체인 동방포루마를 1973년에 설립한 이후 무차입 경영으로 회사를 건실하게 운영해 왔음(창업 이후 40년 동안 한 해도 적자를 낸 적이 없으며, 제품의 품질면에서 동종업계를 선도해 왔음).

② 1991년 서울시의원에 당선된 이후 이성구는 자기 회사가 서울시와 계약을 할 수 없도록 서울시의 업체등록을 스스로 취소시킴으로써 현재까지 서울시 산하 관공서와 계약을 하지 않았다 (1981년 (주)동방포루마는 서울시 지방 우수방수재 및 방수시공업체로 선정되어 서울시 및 각 구청이 발주하는 방수공사를 업계에서 가장 많이 시공해 왔음).

또한 정치인 17년 동안 본인의 회사가 공공기관과의 영업적인 계약을 일체 하지 않았다.

③ 경조사 축부의금 안 받기운동본부 대표로서 100% 自費로만 안 받기운동을 해왔으며, 본인의 부·모상과 장·차남 및 장녀의 결혼식 때 축부의금 안 받기를 제대로 실천했다.

④ 선출직 의원들의 지나친 공무해외여행의 자제를 촉구하고자 이성구 자신은 공금으로 해외여행을 가지 않는 것을 원칙으로 하면서, 부득이 공무해외여행을 해야 할 경우에는 여행경비 전액을 국고에 4차례 반납했다.

⑤ 17대 국회의원 시 후원회를 구성하지 않아 정치후원금을 일체 접수하지 않았다.

⑥ 공인이 된 후 인사 및 영업청탁에 개입한 적이 단 한 번도 없었다.

⑦ 4선 서울시의원으로서 서울시의회 부의장 2번, 의장 및 전국시도의장협의회 회장을 맡아 서울시의회를 이끌어 오면서 우리나라 지방자치의 초석을 다지는 데 크게 기여했다.

⑧ 17대 국회 재임 중 75건의 법률안을 발의하여 국회의원 299명 중 4등을 하였고 2007년도 국회가 선정한 최우수의원 7명에 포함되는 등 우수한 의정활동을 하였다(특히 이성구의원의 제출법안들은 "㉠ 특정 단체의 이익을 대변하지 않는다. ㉡ 예산이 많이 소요되는 법안을 만들지 않는다"는 2가지 원칙하에 제출된 법률안들이기 때문에 더욱 큰 의미가 있었음).

※ 수상 당시(2013. 10. 11.) 관련 서류는 앞의 3쪽이며, 아래 추가사항은
수상 후 4자녀 관련 변동사항을 정리한 것임

<표창장 수상 후 4자녀 추가 현황>   2021. 9. 30. 현재

① **큰 며느리(김경선)** : 고용노동부 실장을 거처 현재 여성가족부
   차관 재직(서울대 영문학과 졸업, 5급 행시, 미국변호사, 박사
   (서울대 법학), 홍조근정훈장 수상)

② **차남 : 딜로이트안진회계법인 전무이사 승진**

③ **둘째 며느리** : 미네소타주립대학교 대학원 졸업, 가천대학교
   국제어학원 교양 영어 전담 초빙교수 재직 후 사임

④ **장녀 사위** : 대학병원 교직 사임 후, 가좌역 3거리에서 하나이
   비인후과 개원하여 현재 페이닥터 2명을 포함한 전체 종사자
   23명으로 성업 중

⑤ **차녀 사위** : 오텍 그룹 상무이사 재직(오텍그룹 회장 장남이
   며, (주)오텍은 2018년 연결 매출이 1조원인 중견기업임)

⑥ **차녀 결혼식 때도 축의금을 안 받아**, 경조사 축부의금 안 받기
   를 합계 6번(부ㆍ모상, 4남매 결혼) 실천하였다.

⑦ **손주 9명** : 4자녀가 아들ㆍ딸 9명을 둠(이성구 이름에 아홉구
   자(九)가 있어서 9명이 되도록 독려했다.)

⑧ **(주)고꽈스방수가 국세청장 표창장 받음(2020. 3. 3.)**

※ 이성구 홈페이지 참조

평소 저를 아껴주시는 지역인사와 친지여러분, 그간 안녕하십니까?

17대 국회 임기인 5월 29일을 끝으로 저의 정치여정을 마감하면서 문안인사를 드립니다.

1. 원래 저는 사업이 본업이었는데, 1991년 지방자치가 시작될 당시 명예직이었던 서울시의원을 한 번만 하고 본업으로 돌아갈 생각으로 시작하였습니다만, 의장이 되고 싶어 4선까지 하게 되었습니다.

2. 서울시의원 초선 때 재경위원장, 2·3선 시는 한나라당이 소수당이었으므로 전반기 부의장 2번, 4선 시 서울시의회 의장 겸 전국시도의장협의회 회장을 맡아 서울시의회를 이끌어 오면서 우리나라 지방자치의 초석을 다지는 데 크게 기여한 것이 제가 정치권에 공헌한 역할 중 가장 크다 하겠습니다. 물론 그 공로로 17대 전국구 국회의원이 되기도 하였습니다.

3. 저는 공인의 가장 큰 덕목은 청렴이라고 여기고 의정활동을 시작한 결과 동봉된 의정보고서에 일부 수록된 것처럼 청렴에 대한 많은 실적을 쌓았기에, 17대 국회 등원 시에는 의정활동 목표에 "공인의 청렴성에 대한 표준을 제시함으로써 정치권 정화에 일조하고자 합니다."라고 감히 공개적으로 표방하고 이를 저의 홈페이지에도 수록하였습니다.

청렴의 표준제시를 위한 저의 행진은 17대 국회에서도 계속되었습니다. ① 17대에서 저는 후원회를 구성하지 않아 정치후원금을 일체 접수하지 않았으며 ② "경조사 축부의금 안 받기국민운동본부"대표로서 저 자신의 부·모상과 장·차남 결혼식 때도 안 받기본부의 구호대로 "알맞게 초대하여 축부의금은 받지 말고 접대만 하자"를 실천하였습니다. ③ 선출직 의원들의 지나친 공무해외여행의 자제를 촉구하고자 저 자신은 공금으로 해외여행을 가지 않는 것을 원칙으로 하면서, 부득이 공무해외여행을 해야 할 경우에는 여행경비 전액을 국고에 4차례 반납해 왔습니다. 이런 맥락에서 국회의원 재임 중에도 저는 공무해외여행을 한 번도 하지 않았으며 ④ 공인으로 있을 동안은 제가 회장으로 있는 회사가 공공기관과의 영업적인 계약을 일체 하지 않겠다는 서의 신소를 17대에서도 잘 지켜왔으며 ⑤ 공인이 된 후 단 한 건의 인사 및 영업청탁에도 개입한 일이 없었습니다.

4. 17대 의원 재직 중 75건의 법률안을 발의하여 국회의원 299명 중 4등(의정보고서 작성 당시는 2등)을 함으로써, 07년도 국회가 선정한 최우수의원 7명에 포함되었으며(상금 500만 원), 06년에는 우수의원(300만 원)에 선정되었습니다.

또한 이성구 의원의 제출법안들은 "① 특정 단체의 이익을 대변하지 않는다. ② 예산이 많이 소요되는 법안을 만들지 않는다"는 2가지 원칙하에 제출된 법률안들이기 때문에 더욱 큰 의미가 있습니다.

제가 서울시의회 의장단을 지내면서 의원들이 출석을 잘 해주는 것이 의회를 가장 돕는 일이라고 절실하게 느꼈기 때문에, 17대 국회에서 저는 상임위원회 출석률 100%로써 국회의원 299명 중 1등이며, 본회의 출석률도 한나라당 차원에서 등원거부했던 때 이외에는 100% 출석을 하였습니다.

이제 정치권을 떠나면서 회고해 보면 제가 가장 보람 있게 여기는 것은 정치권의 그 누구도 감히 하기 어려운 '공인의 청렴성에 대한 표준제시'라는 엄청난 일을 하겠다고 공개적으로 선언하고 이를 스스로 실천해 왔다는 데 가장 큰 보람을 느끼고 있습니다.

아울러 제가 보람 있는 공인생활을 마칠 수 있도록 저를 성원해 주시고 아껴주신 모든 분들에게 감사를 드리면서, 귀댁에 건강과 행운이 늘 함께 하시기를 기원합니다.

※저의 글에 대한 참고자료로 의정보고서를 동봉합니다.

2008년 6월 5일

17대 국회를 끝내고 이 성 구 드림

서울상대 동창회에서 한 가족 직계 3명이 회원이 되면
동창회보에 기사를 싣는데,
이성구 가족 3명에 대한 동창회보 기사

서울商大同窓會報

| 2007년 5월 1일 |

▲ 이성구(경제) 한가족 직계 3명이 서울상대동문

서울대학교 상과대학 총동창회 고문이며, 18회 현 동기회장인 이성구 동문의 막내딸이 06년 사회과학 대학에 입학하고 금년에 경제학부로 진학하게 되어, 직계 한가족 3명이 서울상대 동문이 되었습니다.

■ 父 - 이성구 (18회, 경제) : 현 국회의원
■ 장남 - 이상우 (45회, 경영) : 전 서울지법 판사, 현 변호사(고시 4관왕 = 사시, 행시, 공인회계사, 미국 공인회계사)

■ 차녀 - 이효은 (06학번, 경제)
※ 이성구 동문은 서울특별시 의회 의장 겸 전국시도의회 의장 협의회 회장을 역임하였으며, 방수제 종합메이커인 ㈜ 동방포루마를 1973년에 창업하여 현재 회장으로 있다.

이 효 은

※ 서울대학교 상과대학 총동창회에서는 동문 3명이 한 가족에서 탄생하면 이 사실을 동창회보에 홍보하여 축하하고 있는 바, 이번에 이성구 의원의 직계 가족 3명이 함께 동문이 되었으므로 이를 동창회보에 실은 기사임.

고봐스

① 고봐스 방수재

ⓐ 고봐스는 방수재의 이름이며(1989.11.29. 상표 등록), 고봐스방수
재의 원재료인 고무와 아스팔트의 첫 글자인 고무아스의 합성
어임(GOMU+AS = GOMUAS = 고무아스→고봐스).

　　고봐스가 상표 등록되어 대단히 희귀 글자인 봐자가 한글창
제 이래 공적으로 처음 사용되었다.

ⓑ 우리 회사는 수용성 아스팔트인 포루마방수재를 국내 최초로
개발하여 도막방수의 효시를 가져오게 함으로써, 1970~80년
대 포루마방수 시대의 영광을 누렸다.

　　그러나 방수재의 고급화에 따라 고무와 접착증강제로 보강
된 신장률이 우수한 고봐스방수재를 국내 최초로 개발하였으며
(고봐스보다 신장률이 더 우수한 KS규격의 하이고봐스도 있음), 고봐
스방수재는 전국 신축아파트 현장의 70%에서 사용될 만큼 국
내 도막방수재의 대명사가 되었다.

② '꽈' 자 찾기 현상금 이야기

ⓐ ㈜동방포루마에서는 고꽈스방수재를 개발하고 고꽈스 상표를 등록한 후, 고꽈스방수재 홍보를 위하여 희귀자인 "꽈"자 찾기 1차에 현상금 300만 원씩의 현상금을 걸고 꽈자 찾기를 하였다.

ⓑ 고꽈스 상표등록이 1989년이었으므로 1989년 1월 1일 이전에 출간된 문헌에 나오는 꽈자가 응모자격이 있음.

ⓒ 4차 응모까지 있었는데(1차에 300만×4차=1200만원), 30년 전의 일이라 관련 자료(당첨문헌, 당첨자 등)가 모두 폐기되고 없어 당첨 내용을 기술할 수 없음.

③ 고꽈스 빌딩

ⓐ 위치와 광고면

내가 모르는 사람과 인사하면서 고꽈스빌딩 회장이라는 명함을 건네면, 한남대교 북단에 위치한 고꽈스빌딩을 한남대교를 지나다니면서 평소에 보았다고 응답하는 사람이 절반을 넘었다.

　이처럼 고꽈스빌딩 위치가 강남대로와 경부고속도로를 잇는 한남대교 북단 한강가에 남산1호터널과 연결되는 서울의 관문자리에 있으므로, 이 건물을 신축할 때 건물 이름을 관문빌딩이라고 작

고꽈스방수 사옥
(한남대교 북단에 위치)

명을 생각하기도 했지만 결국 회사 상호따라 고꽈스빌딩이라고 했
던 것이다.

또한 고꽈스빌딩이 규모는 크지 않지만 광고면의 높이가 적절하
여 인기가 있는데, 이 건물이 지상 9층이지만 3개층은 한남대교 다
리 밑에 잠겨 있어 6층 높이만 보이기 때문에 결과적으로 한남대
교를 지나가는 차량에서 보는 광고면 높이가 적당하게 맞아진 것
이다.

ⓑ 건물의 특징

◉ 옥상 소나무: 고꽈스빌딩 옥상에 내가 전북 정읍 양묘장에 직
접 가서 골라온 소나무 18그루가 심겨져 있는데, 원래 건물 신
축 시 옥상 휴식 공간을 한남대교 쪽으로 배치함이 정상이나, 내
가 서울시의회 의장을 한 사람이라 한남대교를 지나가는 차량에
서 시민들이 잘 볼 수 있도록 소나무를 한남대교 쪽으로 배치하
였다.

◉ 선홍색 대리석: 본 건물 외장재가 인도산 임페이얼레드 대리석
인데 이 선홍빛 대리석은 삼성의 고 이병철회장께서 즐겨 사용
하던 대리석으로(동방생명, 삼성화재 등), 나도 선홍빛 색깔이 마
음에 들어 이 대리석을 마감재로 선정하였다. 그리고 질이 가장
좋은 것을 사용하는 조건으로 석재 사장과 계약을 한 결과, 본
건물의 선홍빛 붉은색이 특히 눈에 띈다.

◉ 고구려 무용총 수렵도: 본 건물 2층 로비 내부벽면의 수렵도가

이 건물의 자랑거리다.

본 수렵도는 그린 것이 아니고 천연 유색대리석을 모자이크해서 만든 것인데, 이처럼 유색대리석을 모자이크하는 기법은 우리나라 석조 문화가 아니고 본인이 몽골의 수도 울란바트로의 자이승전승기념탑에서 힌트를 얻어 수렵도를 작품화시킨 것이다.

본 수렵도 제작과정에서 수렵도 원본에 있는 내용물을 다 넣으면 벽면 넓이가 맞지 않고 또한 내용물이 너무 많아 간결미가 없기 때문에 내용물 중의 일부를 삭제하고 재구성한 것이 특징이며, 대리석의 색깔과 조각 솜씨가 수준급이라서 더욱 인기가 많다(사진 참조).

고와스빌딩 2층 내부벽면의 고구려 무용총 수렵도

고구려 무용총 수렵도

1. ① 우측 수렵도 원본을 본 건물벽
   에 맞도록 재구성 하였으며,

   ② 색체로 그린 것이 아니고, 천연
   有色 대리석을 모자이크한 石造
   조각 벽화임.

2. **작품 평가**

   본 벽화가 현장에 맞도록 조화롭게
   재구성 되었으며, 또한 천연 有色 대
   리석을 모자이크한 벽화로는 국내에
   서 가장 잘 만들어진 우수한 작품으
   로 평가받고 있음.(혹시 본 작품과 견줄만
   한 他작품을 본 적이 있으신 분은 고와스빌딩으
   로 연락주시면 감사하겠습니다.)

무용총 수렵도 원본

사슴과 호랑이를 사냥하는 모습

(조선유적유물도감에서)

소재지 : 中國 吉林省 集安縣

1 2000년 1월 1일자 전보

〈이 상 우 앞〉

미래는 준비하는 자의 몫이라고 했다.

오관왕이 된 다음, 나라와 인류를 위하여 무엇을

할 것인가를 생각하고 우리 집 가훈인 正道를

따라 열심히 살아가면, 2050년에는 반드시 21세기

전반기에 우리나라를

빛낸 인물 중에 너가 들어갈 것이다.

새천년이 시작되는 2000년 원단에, 아버지가

〈 이 종 우 앞 〉

미래는 준비하는 자의 몫이라고 했다.
공인회계사에만 만족하지 말고 30대 초반에
한 가지 자격을 더 갖춘 다음,
우리 집 가훈인 正道를 따라 열심히 살아가면
반드시 너의 꿈이 실현될 것이다.

새천년이 시작되는 2000년 원단에, 아버지가

〈 이 효 정 앞 〉

미래는 준비하는 자의 몫이라고 했다.
우리 효정이의 꿈이 노벨상을 받는 것과 우리나라
제일의 사업가가 되는 것인데, 글쓰는 소질을
부지런히 연마하고 서울대 경영대학을 졸업하는 등
미래를 차근차근 준비하면서 우리 집 가훈인
正道를 따라 열심히 살아가면 반드시 너의
꿈이 실현될 것이다.

새천년이 시작되는 2000년 원단에, 아빠가

〈이 효 은 앞〉

미래는 준비하는 자의 몫이라고 했다.

우리 효은이의 꿈이 우리나라에서 가장 위대한

대통령이 되는 것인데, 다음의 준비사항을 차근차근

준비하면서 우리 집 가훈인 正道를 따라

열심히 살아가면 반드시 너의 꿈이

실현될 것이다.

　※ 준 비 사 항
　1. 서울대 법대 재학 중에 사법고시에 합격한 다음 곧바로
　　 TV앵커로서 전국적인 명성을 얻은 뒤에 29살에 국회의원이 된다.
　2. 지도력과 남을 배려하는 마음을 키울 것

　　　　　　　　새천년이 시작되는 2000년 원단에, 아빠가

2 2020년 2월 2일 2시 20분에 보낸 문자 메세지

① 아내에게

"우리 부부가 걸어온 길을 뒤돌아보니,

 그 길이 바로 꽃길이었소.

 여보, 우리 앞으로도 꽃길만 걸어갑시다!"

② 자녀 4명에게

"이성구가문이 우리나라 100대 가문에 들어간다는 것을

 아버지가 말하였는데, 앞으로는 우리 가문이 더욱 빛나도록

 너희들이 만들어 가기 바란다."

※ 가훈 사진 참조

이성구 가족 하와이 모임
(2019.7.14 ~ 21)

1 후기

이성구의 자녀 부부 8명과 손주 9명(아들7, 딸2) 그리고 우리 부부, 전부 19명 중 18명(당시 노동부 기획 실장이던 큰 며느리 김경선은 최저 임금 심의 관계로 불참)이 하와이 북아일랜드와 호놀룰루가 있는 오아후섬을 거치는 7박8일의 여행을 하면서, 나는 감개무량했고 계속 즐거움으로 가득 찬 투어를 마쳤다. 이번 여행의 목적인 가족 간의 단합도 100% 달성한 것 같아, 지금도 하와이 모임을 생각하면 기분이 상쾌해진다. 2000년 1월 1일에 내가 자녀 4명에게 전보를 보냈는데 전문 내용이 "미래는 준비하는 자의 몫이다. 너 자신의 인생계획을 미리 준비하면서(각자가 준비할 내용을 자서전 145~147쪽에 기록) 우리 집 가훈인 正道를 따라 열심히 살아가면, 반드시 너의 꿈이 실현될 것이다"라고 했다.

사랑하는 아들 딸들아!
새천년의 시작인 2000년 원단에 보낸 아버지의 전문을 다시 한 번 마음에 새겨 주기 바란다.

2020. 5. 17. 아버지 이 성 구

② 사진(이성구 가족 하와이에 모이다)

자식 많이 낳는 게 가장 큰 애국이다

2020년 출산율이 0.89이고, 1년간 사망자 30.5만명에 출생인구는 29.5만명이 우리나라 인구감소의 현황이다. 출산율 증가가 국가 최고 역점시책인 현시점에 자식 4명과 손주 9명을 데리고 하와이 여행에 간 이성구가족(가족 19명 중 큰며느리 김경선 여가부 차관만 공무 때문에 불참하고 18명이 참석)

나는 수입차를 타 본 적이 없으며,
국산 '에쿠스 리무진'을 21년 3개월 탔다

㉠ 나는 수입차는 처음부터 탈 생각이 없었으므로 문제될 것이 없는데, 아내는 주변 지인들과 친구들이 수입차를 많이 타기 때문에 차를 교체할 때마다 나는 아내가 국산차를 타도록 설득하는데 특별한 물량공세와 특단의 노력이 들었다.

그런데 5년 전 와이프가 "제네시스 EQ 900"으로 바꿨을 때는 와이프 친구들이 많이 타는 벤츠나 BMW보다 2~3,000만 원의 돈을 더 들이고도 다음에 바꿀 때는 꼭 수입차를 사주겠다고 약속하고 살 수밖에 없었다.

나는 아내에게 2가지 약점이 있는데 하나는 수입차이고 또 하나는 골프다. 남편인 내가 골프를 안치니까 자기 혼자 골프를 다니기가 미안해서 아내는 골프 치는 것을 오래전에 포기했는데, 골프 얘기가 나오면 자기가 골프는 안했지만 좋은 수입차는 한번 타 봐야겠다고 나를 졸라왔다. 나는 그때마다 알았다면서 해주는 시늉을 계속 해왔는데, 5년 전 EQ 900 살 때는 아내가 배수진을 쳤기 때문에 일단 다음 아내 차 바꿀 때는 수입차 문제를 어떻게 해결해야 할지 숙제 중 하나다.

㉡ 2000년 2월 19일에 국산차로는 최고급인 '에쿠스 리무진'을 구

매하였으며 2021년 6월 8일에 폐차하였으니, 21년 3개월 20일을 탄 셈이다. 기사가 차를 깨끗하게 관리하여 흠집도 없고 단지 기름을 많이 먹지만 나의 차 사용빈도가 적어서 차량 감가상각비를 고려하면 헌차를 계속 타는 것이 가장 싸게 먹기 때문에, 처음에는 20년을 타 볼 생각이었다.

그래서 20년을 탄 후에도 오랜 세월 동안 정이 든 차라 계속 타다 보니, 21년 3개월이 지난 후에야 폐차하게 되었다.

고와스빌딩 2층 로비에 주차 중인 에쿠스 리무진

보관 중인 자동차 등록증(서울37수8481)에 2000년 2월 19일에 구매해서 2021년 6월 8일에 폐차한 것으로 기록되어 있음.

세계일주여행

① 회사직원 해외여행

내가 경영하는 ㈜고꽈스방수 회사에서는 사원 복지차원에서 직원들의 해외여행을 많이 보내왔고(한 직원이 2명씩 갈 수 있으며, 즉 부부 또는 직원 가족 1명 동행 가능), 회장 경영방침이 우리 회사에서 30년 정도 근무하면 해외 관광코스 중 길고 인기 있는 곳은 대부분 다녀오도록 해주자는 방침이다.

그래서 근무한 지 5년 이상 되면 동남아여행부터 시작한다. 동남아코스는 태국·싱가폴·앙코르와트·베트남 등을 다녀오는 코스다. 동남아를 다녀오면 다음 코스로 중국을 가는데 중국은 너무 넓고 갈 곳이 많다. 그래서 북경코스(북경·만리장성·이화원·자금성 등)와 장가계코스(장가계·원가계·천자산·황룡동굴 등)로 나누어 한 사람이 각 코스를 일주일 정도 다녀온다.

중국을 다녀온 직원은 다음 코스로 호주·뉴질랜드 남북섬을 보름 정도 일정으로 다녀오고, 그다음은 서유럽 6개국(영국·프랑스·이탈리아·스위스·독일·오스트리아)을 2주 정도 일정으로 가게 된다.

서유럽을 다녀오면 동유럽(체코 · 헝가리 · 크로아티아 · 슬로베니아 등)을 10일 정도 일정으로 다녀오게 한다.

현재 선두 그룹은 동유럽 다음으로 러시아와 북유럽 5개국(러시아 · 에스토니아 · 핀란드 · 노르웨이 · 스웨덴 · 덴마크)까지 다녀왔는데, 코로나로 직원 여행도 모두 중단된 상태다.

러시아와 북유럽을 다녀온 직원에게 다음 코스로 지중해 코스(터키 · 그리스 · 이집트)와 미국 코스 중 한 곳을 보낼 계획인데, 여행사 일정에 미국 동 · 서부를 한 번에 보내는 곳이 잘 없기 때문에 여행사 선정에 애로가 있으나, 회사에서는 미국행을 가능하면 동 · 서부를 15일 정도 일정으로 한 번에 보낼 방법을 찾을 생각이다.

② 세계일주여행을 하는 요령

ⓐ 코스를 길게 잡아 주변을 다 둘러본다 : 우리 부부는 2년 전 캐나다를 다녀온 후 세계일주를 했다고 자축한 일이 있었다. 35년 전쯤 처음 해외여행을 시작하면서 한번 출발하면 2주 정도 길게 잡았으며, 한곳에 가면 그 주변을 다 둘러보는 식으로 투어를 했다.

즉 미국여행을 갈 때는 미국 동 · 서부 및 나이아가라 폭포와 토론토까지 15일 일정으로 다녀왔다. 물론 휴양지에서 휴식을 위해 갈 때는 예를 들면 하와이에서만 푹 쉬고 올 때도 있지만,

그동안 대부분의 행선지를 선정할 때는 여행사를 따라 투어를 하는 방법이 가장 많은 나라를 가볼 수 있기 때문이다.

그런데 근년에 여행사 광고를 보면 여행사들이 긴 코스를 잡지 않고 짧게 일정을 짜는 식으로 여행패턴이 바뀌었지만, 2~30년 전에는 2주 정도 되는 코스가 많아, 한번 출발하면 그쪽을 다 둘러볼 수 있었다.

ⓑ 다음 코스를 미리 계획하라 : 세계일주여행을 하려면 세계를 코스별로 나누어 계획 있게 긴 세월 동안 진행시켜야 할 것인 바, 본 글의 ㉠처럼(회사직원 해외여행) 계획 있게 추진해야 하며, 특히 다음 행선지를 가능하면 빨리 정해 두는 것이 중요하다.

ⓒ 부부동행 : 가능하면 부부가 같이 가는 것이 가장 유리하다.

내 경우는 서울시의회에서 의장과 부의장을 할 때 동료의원을 동반하여 가야 했기 때문에 부부가 함께 못가는 경우가 생기는데, 이때는 아내만 따로 여행사를 따라 보낼 수밖에 없었지만, 나는 가능하면 공무여행을 하지 않았기 때문에 큰 문제는 없었다.

❸ 3대 난코스

시간 · 건강 · 자금 등 여러 제약요인 때문에 가장 길고 힘든 코스는 자꾸 뒤로 밀리는데, 가능하면 나이가 젊을 때 힘든 곳을 먼저 다녀오는 것도 요령이다.

ⓐ 인도 코스 : 우리 부부는 대한항공으로 네팔 카트만두로 들어가서 뭄바이에서 귀국하는 15일 일정으로 다녀왔는데, 야간열차와 버스를 82시간 타야 하는 힘든 일정이었지만 꼭 가볼 만한 관광코스로(부처님 출생 및 수행지 · 겐지스강 · 타지마할 등) 추천하고 싶다.

ⓑ 아프리카 : 아프리카하면 사파리와 홍학떼 군무가 가장 볼 만하다. 마사이족이 사는 세렝게티 국립공원을 짚차를 타고 4시간(1시간은 비포장도로)을 힘들게 간 덕에, 우리 일행은 운이 좋아 사파리 로망 5대 동물(사자 · 코뿔소 · 표범 · 버팔로 · 코끼리)을 다 볼 수 있었다.

　아프리카 여행 중 특이할 만한 것은 세계 3대 폭포 중 낙차가 108m로서 제일 긴 빅토리아 폭포 주변 3개국에 갔을 때, 짐바브웨에서 세계통화사상 가장 고액 화폐인 100조짜리 화폐를 120장이나 사와서 지인들에게 선물한 일이 있었다.

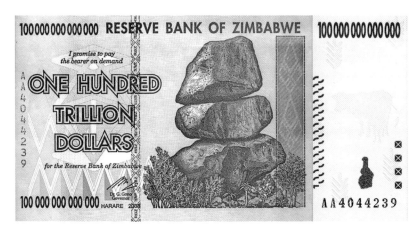

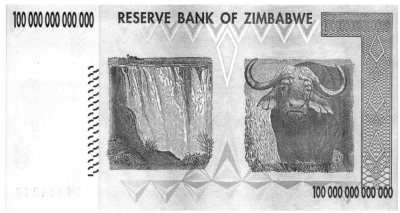

짐바브웨의 100조짜리 화폐 앞, 뒷면

　　그런데 짐바브웨 중앙은행이 발행한 이 100조짜리 화폐로도 치솟는 물가를 감당하지 못하여 결국 통화기능을 못하고 사장됨에 따라, 결국 US달러를 통화로 쓰고 있다고 했다.

　　아프리카 여행 중 땀이 나고 손이 더러워진 상태에서 계란을 먹을 일이 몇 번 있었는데, 그때 고안한 것이 계란을 식탁 모서리에 탁 쳐서 두 개로 나눠지면 숟가락으로 계란을 파먹는 방법이다.

　우리 집에서는 아침 식사에 삶은 계란이 매일 나오는데 우리 식구들은 그 후부터 계란을 숟가락으로 파먹고 있으며, 나는 어디서든지 계란을 숟가락으로 파먹을 것을 남들도 따라 해 보라고 권하고 있다.

ⓒ 중 · 남미 코스: 인천 공항에서 출발하여 LA를 거쳐 비행시간만 23시간 걸려서 브라질의 리오데자네이로까지 힘들게 갔지만, 이과수폭포의 그 웅장함이 힘들었던 일정을 충분히 보상해 준다고 생각했다.

　세계 3대 폭포(이과수, 나이아가라, 빅토리아)와 크로아티아의 플리트비체 폭포 등 많은 폭포를 봐왔지만 브라질 · 아르헨티나 · 파라과이 3개국에 걸쳐 있는 이과수폭포가 가장 걸작이라고 할 만했다.

　중남미 여행 중 내가 특히 느낌이 컸던 것은 전망대에서 내려다 본 아르헨티나의 부에노스아이레스 항구의 아름다움이며, 세계 3대 미항(부에노스아이레스, 시드니, 베니스) 중 으뜸이라 할 수 있겠다.

ⓓ 천하 3경 : 내가 세계 일주를 했으니 누가 나한테 천하 제일경이 어디냐고 묻는다면 천하3경(그랜드케니언, 전망대에서 보는 중

국 계림의 10만 봉우리, 이과수 폭포)이 우열을 가리기가 힘들다고 하겠다. 아울러 고건축물 중 가장 의미 있는 건물은 타지마할과 앙코르와트를 치고 싶다.

ⓔ 세상은 넓고 갈 곳은 많다만, 건강이 못 따라가네!

우리 부부가 세계일주여행을 했다 하지만 우리가 간 곳은 주로 여행사에서 광고하는 패키지 투어 코스를 따라 다닌 것이므로 빠진 곳은 곳곳에 있다.

인도를 15일 코스로 다녀왔지만 남인도를 못 갔으며, 중남미를 16일이나 돌았지만 칠레 등 안 가본 데가 더 많다.

한편 새로 가볼 만한 곳도 속속 개발되겠지만, 이젠 패키지여행은 그만두고 휴양지에서 푹 쉬었다 오는 식으로 여행 틀을 바꿀 생각이다.

2000년 6월 중국 중경시로부터 당시 이성구 부의장 부부가 초청받아, 양자강 일대를 관광하는 모습

아내 최효선이 노르웨이 비겔란 조각공원에서

한국에서 복이 두 번째 많은 남자

제2부

서울특별시의회 이성구 의장
재임 시 활동(2002. 7. 11 ~ 2004. 2. 2)
(전국시도광역의회의장협의회 이성구 회장 연설문 포함)

제1부 한국에서 복이 두 번째 많은 남자 이성구 자서전

1장

지방자치와
지방의원 유급제

01

자서전에
유급제 추진 과정을
남기는 소이

1 명예직 지방의원의 당시 현황

1991년 지방자치가 부활한 이후 지방의원의 명예직을 삭제하는 유급제 논의가 꾸준히 있어 왔으나 입법의 문턱을 넘지 못하고 번번이 중도에서 좌절되었다.

우리나라의 경우 지방의회 출범 당시 고도로 분화된 산업사회의 세계적 추세에 역행하여 인구 최소 5만이 넘고 예산이 1천억이 넘는 우리의 자치단체 규모에 맞지 않게 명예직을 채택함으로 인하여 아래와 같이 갖가지 부작용이 발생하고 있었다.

- 유능한 전문인력이 경제적 여유가 없어 지방의회에 진출이 어렵고
- 지방의원들이 의정활동에 전념할 수 없기 때문에 의정활동의 전문성이 떨어져 지방의회가 수행해야 할 기능을 제대로 수행하기 어려우며
- 지출은 많은데 수입은 없어 부정비리 유혹에 취약할 수밖에 없는 상황이며
- 은행에서 약간의 생활자금 융자를 받고자 해도 '직장의료보험'조차 발급받을 수 없는 열악한 형편임
- 따라서 지방의원의 전문성 확보와 지역 발전을 위한 제 역할에 전념할 수 있도록 지원 대책이 강구되어야 하므로 늦었지만 현시점에서 유급제 도입이 필요한 실정이었다.

② 지방의원의 명예직을 삭제하여 유급제 추진을 주요 공약으로 제시했다

나는 2001년 당시 서울시의회 의장에 출마하면서 이러한 문제를 인식하고 지방의원 유급세는 지방자지발전을 위한 선결과제로서 반드시 이루어져야 한다는 신념하에 지방의원 명예직 삭제, 즉 유급제 추진을 주요 공약으로 제시하였다. 그러나 지방의원 유급제는 당시 국회의원들이 대부분 반대하고 언론, 국민 여론도 호의적

이지 않았었다.

나는 이러한 환경 속에서 이의 관철을 위한 세부전략을 수립하고 추진하여 관철해 내는 데 온 힘을 쏟았다. 이렇게 하여 그 난망하던 지방의원 유급제는 도입되어 지방자치발전의 한 획을 긋게 된 것이다.

이렇게 시작된 유급제 시행은 1991년 지방자치 부활 이후 우리나라 지방자치와 관련해서는 가장 큰 사안이라 하겠다.

이는 나의 삶 속에 큰 자부심이자 자존의 원동력이 되고 있다. 이번 자서전에 지방의원 유급제 추진 세부과정을 남기는 뜻은 지방자치 발전을 위한 큰 획을 긋는 본 건의 추진 과정을 세부적으로 기록하여 역사의 자료로서 남기고자 하는데 소이가 있는 것이다.

이하에서는 유급제 추진 활동 내역을 세부적으로 기록하여 남기고자 한다.

02

지방자치의 실시,
중단, 부활

1948년 7월 17일 공포 시행된 제헌 헌법은 제8장에 지방자치에 관한 규정을 두었다. 이에 따라 1949년 7월 4일 지방자치법을 제정하여 지방자치의 실시를 도모하였다. 그러나 건국초기의 사회 혼란과 6.25동란으로 유보된 지방자치는 전쟁 중임에도 1952년 4월 25일 최초로 시, 읍, 면 의원 선거를 실시하였다. 동년 5월 10일 서울, 경기, 강원을 제외한 7개 도의원까지 주민이 직접선거하여 우리나라에 지방사치시대가 도래한 것이다. 제2차 지방의원 선거는 1956년 8월 8일 전국 시, 읍, 면 의원 및 장의 선거가 있었고 동년 8월 13일 서울 및 전 도의원 선거가 실시되어 제2대 지방의회가 개원되었고 제3차 지방의원 선거는 1960년 12월 12일 서울 및 전 도의원 선거와 동년 12월 19일 전국 시, 읍, 면 의원 선거가 실시되었으며 동년 12월 29일 서울 시장 및 전 도지사 선거를 실시하여 지방자치단체장까지 모두 직선하는 명실상부한 지방자치시대가 도래한 것이다.

그러나 1961년 5월 16일 군사혁명위원회 포고 제4호에 의거 모든 지방의회는 해산되어 이후 30여 년간 지방자치가 중단되었지만, 국민의 열망과 정치적 결단에 의하여 1988년 4월 6일 지방자치법이 개정 공포되어 1991년 3월 26일 기초자치단체 의원이 선출되고 동년 6월 20일 광역자치단체 의원이 선출되어 30년 만에 지방자치가 부활하게 된 것이다.

03

지방의원 명예직 삭제,
유급제 추진 경위

당시에 지방의원 유급제에 대해서 정치권의 반대와 여론도 긍정적이지 않았다. 그럼에도 불구하고 지방자치 발전을 위해서 유급제는 필요한 것이라는 신념이 있었다. 인구 1천만이 넘고 산업규모에 있어서 작은 나라를 능가하는 서울 같은 대도시 살림을 어찌 명예직 의원으로 감당할 수 있겠는가. 나는 서울시의회 의장으로 당선되었을 때 이 일만은 내가 책임을 지고 해결해 보자는 결기를 다졌다. 그리하여 지방의원 명예직 삭제의 여론을 조성하고 전략을 개발하여 결국 이를 관철해 내는 데 중심적인 역할을 하였다. 아무리 옳은 일이라고 해도 말로만 해서는 이룰 수 없다. 전략과 액션이 필요한 것이다. 정확한 상황을 분석하고 전략을 짜고 실행에 옮기면 이루어낼 수 있다는 신념을 관철시킨 것이다. 여기에 지방의원 유급제 추진, 관철 경위를 세부적으로 밝힌 소이는 지방자치 또는 국정을 위해서 뛰는 분들에게 어려움이 있다고 반대가 강하다고 여론이 안 좋다고 해서 이를 방치할 것이 아니라 옳은 일이라면 일을 반드시 관철시키는 세부전략과 뚝심이 있어야 함을 교훈으로 남기고 싶기 때문이다.

지방의원에 대한 명예직 삭제를 위한 지방자치법개정안이 2003년 6월 30일 제240회 임시국회 제7차 본회의에서 통과되었다. 그 동안 주요정당 대표와 정책위원회, 대통령직 인수위원회, 국회의 소관기관 등을 수없이 방문하여 토론회와 간담회를 전개하는 한편, 여야정당과 국회가 스스로 법안을 발의하도록 발의서명까지 징구하는 등 전략을 세우고 이의 관철을 위한 부단한 노력을 경주한 당시의 상황이 주마등처럼 스쳐간다. 이 자리를 빌려 그 당시 이 일을 함께 추진한 모든 분들에게 감사의 말씀을 드린다.

1 추진전략

−지방자치법 명예직 삭제(유급제 도입) 단계별 추진 전략수립

우리 전국시도의장협의회에서는 2002. 8. 23(금) 17:00 강원도의회 의장실에서 의장 6명(충북, 강원, 울산, 인천, 경기, 광주)이 참

석하여 지방자치법 명예직 삭제(유급제 도입) 단계별 추진 전략을 수립하였다. 1단계 전략으로 양당총재를 면담하여 지방자치 발전을 위해서는 유급제 추진이 반드시 필요하다는 당위성을 알리고 공감대를 이끌어내기로 하고, 2단계는 주요 정당에 명예직(유급제), 보좌관제도, 후원회제도에 관한 공개질의서를 보내고 명예직 삭제 국회 입법 청원을 하기로 하였으며 3단계로 국회 의원회관 등에서 전국광역의원 합동으로 대선후보(정당총재) 초청세미나를 열고 필요시에는 집회시위까지 검토하기로 하였다.

② 추진내용

─전국시도의장협의회 제3차 임시회의 추진전략 의결

2002. 9. 24(화) 11:00~12:20 충청북도의회 2층 회의실에서 지방자치법 명예직 삭제(유급화)에 대한 단계별 추진전략을 강력 시행 추진하기로 전국시도의회 의장들의 뜻을 하나로 모았다.

─한나라당 서청원 대표 최고위원 면담

2002. 10. 8(화) 11:00 한나라당 대표 최고위원 집무실에서 지방의회의원의 유급제 실시에 대한 공개질의서 및 지방의회의원의 유급제 도입을 위한 지방자치법 개정 청원서를 전달하였다. 이때 참석한 분은 한나라당에서 대표최고위원(서청원), 정책위원

회의장(이상배), 지방자치위원장(허태열) 세 분이고 협의회에서는 회장(이성구), 감사(홍영기), 사무총장(신경철), 제도개선위원장(유주열), 운영위원장협의회장(박주웅) 이상 5분이 참석하였다. 면담 결과 2001년 12월 폐기된 바 있는 박상천 의원 외 95인이 발의한 지방자치법 중 개정법률안(명예직 삭제)과 같은 내용의 지방자치법 개정법률안을 적극 검토하도록 서청원 대표가 한나라당 원내총무(이규택)에게 지시하였으며, 서청원 대표와 이상배 정책위원회 의장은 지방자치법 제32조 1항 지방의원 명예직규정 삭제와 관련한 논의를 대선 이후에 본격적으로 추진하자는 의견을 제시한 반면, 지방자치위원장은 당시 소극적이었다.

— 공개질의서 접수

시도의장협의회에서는 2002. 10. 8(화) 12:00 한나라당 민원국에 공개질의서를 접수하였는데, 그 내용은 다음과 같다. 전국의 지방의회에서 각 정당과 국회, 중앙정부에 지방의원에 대한 유급화 실시에 대한 조치를 지속적으로 촉구한 바 있는데 한나라당에서만 이를 반대하는 이유는 무엇인가? 지방의원 유급제를 대통령선거 전 정기국회에서 한나라당이 관련 법률개정안을 제안하여 입법화해 줄 것과 이를 대선공약으로 제시해 줄 용의가 있는가? 없는가?

−새천년민주당 한화갑 대표 최고위원 면담

민주당 출신의장 및 서울시의회 유대운부의장이 한화갑 대표를
면담하고 긍정적 답변을 받아냈다. (민주당 당론)

−옥외집회(시위. 행진)신고

2002. 10. 15 영등포경찰서에 지방의회 발전을 위한 집회(1
차/2002.10.24. 13:00~17:00, 2차/2002.10.30. 13:00~17:00) 신고
를 하고 집회장소는 서울 여의도 한나라당 당사 앞 인도, 서울 여
의도 국민은행 뒤편 인도상(민주당 당사 뒤편)에서 우리의 결기를
보여 주기로 하였다.

−한나라당 지방자치위원장 면담

2002. 10. 15(화) 15:00 국회 의원회관 233호 집무실에서 한나
라당 지방자치위원장(허태열)을 의장협의회를 대표하여 회장(이
성구)과 운영위원장협의회장(박주웅)이 함께 만나 우리의 의견을
전달하였다. 면담결과 2002년도 연말 정치 일정상 유급제 추진
은 곤란하다. 대선 이후 지방의회의원의 수당인상 등 적극적인
지원대책을 마련하고자 한다는 답변이 있었다.

−한나라당 서청원 대표 2차 면담

2002. 10. 19(토) 09:30 한나라당 대표 최고위원 집무실에서 지
방자치법 중 명예직 삭제 추진의 건을 건의하였다. 이때 참석자

는 한나라당 대표최고위원 서청원, 의장협의회 회장 이성구, 운영위원장협의회장 박주웅, 서울특별시의회 한나라당 대표의원 임동규 의원이다. 면담결과 한나라당 소속 시·도의회의장 및 운영위원장 연석회의를 개최하여 의장협의회에서 건의한 명예직 삭제에 관한 공식답변과 현안문제를 협의하기로 하였다

- 한나라당 소속 시·도의회의장 및 운영위원장 연석 간담회

2002. 10. 24(목) 14:00 한나라당 당사 4층 중회의실에서 시도의장 11인(서울, 부산, 대구, 인천, 울산, 경기, 강원, 충북, 경북, 경남, 제주), 시도운영위원장 12인(서울, 부산, 대구, 인천, 대전, 울산, 경기, 강원, 충북, 경북, 경남, 제주) 총 23명이 모여 명예직 삭제 관련 공식질의에 따른 답변 및 현안사항에 대해 간담회를 개최하고 의견을 모았다.

- 지방자치법 중 명예직 삭제 동의서 징구

2002. 10. 19(토) 서울시의회에서는 전 의원이 소속지구당 위원장들에게 「지방자치법 중 명예직 삭제 동의서」에 찬성 서명을 받기로 결정하고 서명 징구작업에 착수하였으며 각 시·도의회도 공동으로 추진하기로 의견을 모았다.

- 대통령직 인수위원회 정무분과 간사 면담

2003. 2 6(목) 12:00 코리아나호텔 사까에서 대통령직 인수위

원회 : 김병준 정무분과 간사, 협의회:회장 이성구, 부회장 유철갑, 운영위원장협의 회장 박주웅이 참석하여 명예직 삭제 제도 개선 관련 정책을 제안하였다. 간담 결과 정무분과 간사(김병준)는 긍정적 의견을 주었다. 시민단체도 공감대가 형성된 사안으로서 긍정적으로 인식, 명예직 삭제를 적극 건의하고 지방의원 후원회 제도 도입 등도 검토하기로 하였다.

– 명예직 삭제 관련 지방자치법개정안 발의착수 및 공동발의자 확대를 위한 서명징구

2002. 10. 8 당시 서청원 한나라당 대표 최고위원의 지시로 국회 행정자치위원회 간사인 이병석 의원 등 30인이 공동발의자로 참여하여 지방의원 명예직 삭제를 골자로 하는 지방자치법중개정법률안 발의를 착수하고 협의회에서는 동 사안의 중요성을 감안하여 공동발의자 확대를 결정하고, 각 시·도의회 의장, 운영위원장, 당대표의원 등이 중심이 되어 출신지역 국회의원의 공동발의 서명확대작업을 추진하기로 하였다. 이 결과 총 163인의 공동발의 서명징구를 하였으며 서명받은 서명부 원본은 2003. 4. 19까지 전국 시·도의회 운영위원회에서 수합하여 협의회 사무국으로 제출하였으며, 협익회에서는 이를 4월 21일 대표발의자인 이병석 국회의원 사무실에 제출하였다.

−지방의원 명예직 삭제 관련 지방자치법개정안 국회접수

이병석 의원 등 164인 공동발의 지방의원 명예직 삭제 관련 지방자치법개정안이 국회에 접수되었고(제안일자 : 2003. 4. 23. 의안번호 : 162217호, 회부일 : 2003. 4. 24. 국회 행정자치위원회) 전갑길 의원 등 16인 공동발의한 지방의원 명예직 삭제 관련 지방자치법 개정안이 국회행정자치위원회에 접수되었다(제안일자 : 2003. 4. 21. 의안번호 : 162209호, 회부일 : 2003. 4. 22).

−한나라당 당권주자 초청 광역의원 합동토론회 개최

한나라당 전국시 · 도의원협의회 주체로 2003. 6. 2(월) 14:00 한나라당 중앙당사 대회의실에서 합동토론회를 개최하였다. 참석자는 한나라당 전국 시 · 도의회의장 및 의원이며, 초청인사는 강재섭, 김덕룡, 김형오, 서청원, 이재오, 최병렬 의원 등 당 대표 출마자 6명이었고 주제는 지방의회 활성화를 위한 토론회였다. 토론결과 제240회 임시국회에서 지방의원의 명예직 삭제 문제를 집중 논의하기로 합의하였는데 드디어 지방의원 유급제에 대한 반대가 완화되고 밝은 서광이 비추게 된 것이다.

❸ 유급제 통과-지방자치법 중 개정 법률안(대안)

의안 번호	2418	제안 연월일 : 2003. 6. 19. 제 안 자 : 행정자치위원장

대안의 제안 경위

가. 제240회 국회(임시회) 제1차 법안심사소위원회(2003.6.18.)에서
2003년 4월 21일 전갑길 의원이 대표발의한 지방자치법 중 개
정법률안과 동년 4월 23일 이병석 의원이 대표발의한 지방자
치법 중 개정법률안, 동년 6월 11일 전용학 의원이 대표발의한
지방자치법 중 개정법률안을 함께 심사한 결과, 3건의 개정법
률안을 각각 폐기하고 그 내용을 하나의 법률안으로 입안하여
위원회 대안을 제안하기로 합의함.

나. 제240회 국회(임시회) 제2차 행정자치위원회(2003.6.19.)에서
법안심사소위원회 위원장의 심사보고를 듣고 소위원회의 심사
결과를 받아들여 이들 3건의 개정법률안은 본회의에 부의하지
아니하기로 하고 위원회 대안으로 제안하기로 의결함.

대안의 주요골자

가. 국가의 정책으로 인하여 도시가 형성되고, 도의 출장소가 설치된 지역으로서 그 지역의 인구가 3만 이상이고, 인구 15만 이상의 도농복합형태의 시의 일부인 지역은 도농복합형태의 시를 설치할 수 있도록 함(안 제7조 제2항제4조 신설)

나. 지방의회 의원을 명예직으로 하도록 한 규정을 삭제하고, 시·도의회의원에 한하여 의정자료 수집·연구를 위한 보조활동의 비용을 지급하도록 한 규정을 삭제함(안 제32조 제1항)

4 유급제 추진 호소문 등

(1) 한나라당 서울시 자치구의회 의원에 대한 호소문

존경하는 우리 한나라당 자치구의회 의원님!

전국시·도의회의장협의회장을 맡고 있는 한나라당 출신 서울시의회 의장 이성구의원입니다. 그동안 수도이전반대, 지방의원 유급제 추진 등 불합리한 자치제도 개선에 앞장서 오신 의원님에게 먼저 감사의 인사를 드립니다.

이제 얼마 후면 우리 당 지역대표와 당 대표 선거가 있게 됩니다. 2000년도 민주당의 최고위원 선출 때 민주당 서울시의회 및 자치구 의원들이 합심하여 명예직 삭제를 당론으로 이끌어낸 사실을 타산지석으로 삼아야 할 것입니다. 그때 자기 당 최고위원 후보들에게 명예직 삭제에 관한 의견을 묻는 공개질의서를 보내고, 공개적으로 찬성한다는 답변을 받아냈습니다. 그 결과 2001년 박상천 최고위원 등 민주당의원 95명의 찬성으로 명예직 삭제 법안을 제출하게 된 것입니다(비록 이 법안은 당시 정치개혁 특위에서 우리 당의 반대로 폐기되고 말았지만⋯).

우리는 지방의원의 명예를 걸고 이 기회를 활용하여 지방의원의 유급제 도입, 우리의 의지를 관철시켜야 합니다. 저는 전국시·도의회의장협회 회장으로서 어떤 의미에서는 지방의회를 대표한다는 차원에서 여러분과 함께 손잡고 명예직 삭제·유급제 도입에 관한 우리 당의 당론을 이끌어내는 데 혼신을 다하고자 합니다. 광역의회 의원들도 이 일을 위하여 모두 결집하고자 하오니 자치구의회 의원님들도 똘똘 뭉쳐서 이 일을 함께 추진해 주실 것을 거듭 간곡히 부탁드립니다.

그동안 우리 의장협의회에서는 대선 전 이회창 후보 및 서청원 대표에게 이에 관한 공개질의서를 보내고 당 대표와 수차례의 간담 등을 통하여 명예직 삭제의 필요성을 역설하고 강조하여 왔습니다.

그 결과 당으로부터 긍정적인 답변을 서면으로 받아냈습니다. 그리고 대선 후 박희태 권한대행을 만나 우리의 의지를 밝힌 바 있으며 이에 따라 우리 당의 의견도 조금씩 변하고 있습니다. 또한 새정부 대통령직 인수위원회에 이와 관련한 건의서를 보내고 수차례의 간담 등을 통하여 명예직 삭제, 후원회 제도 도입 등 긍정적인 답변을 받아냈습니다.

이와 같이 긍정적으로 여건이 변하고 있는 이 시기를 놓쳐서는 안 됩니다. 이번 우리당의 대표선출 등 이 시기에 우리는 모두 합심하여 힘을 모아야 합니다. 당 대표 후보들에게 명예직 삭제에 관한 공개질의서를 보내고 명예직 삭제 · 유급제 도입에 찬성하는 후보에게 표를 모아줍시다. 저는 광역 및 자치구의회 의원님 여러분과 함께 이 일에 앞장서서 뛸 것입니다. 의원님 여러분의 적극적인 협조를 다시 한 번 부탁드립니다.

의원님의 정치적 발전과 지방의원의 멍에인 명예직 삭제가 이번 기회를 계기로 반드시 이루어지기를 간절히 기원 드리면서 인사에 갈음합니다. 감사합니다.

(2003.5. 전국시 · 도의회의장협의회 회장 이성구)

(2) 지방자치법 중 명예직 삭제에 대한 지구당위원장 동의서 징구
  안내문(서울시의원에게 시달한 협조서한)

  존경하는 서울시의회 의원 여러분!

  연일 계속되는 의정활동에도 불구하시고 시민과 시정을 위해 노력하시는 의원님들께 진심으로 감사를 드립니다.

  지방자치가 부활된 지도 벌써 11년이 넘었습니다.

  그동안 불합리한 지방자치법 개선 등 진정한 지방자치를 이루기 위해 선배 의원님들이 많은 애를 써오셨습니다. 그러나 국회와 중앙정부에서는 지방자치를 위한 노력이 극히 미미한 실정으로 실망스럽기 그지없습니다.

  우리 서울시의회 집행부에서는 지방의원 명예직 규정 등 불합리한 지방자치법 개정을 위한 한나라당 서청원 대표 최고위원, 민주당 한화갑 대표 최고위원 등을 면담하고 명예직 삭제의 당위성을 역설하고 지원을 강력히 요청하였으며 공개질의서 및 관련청원을 낸 바 있습니다.

  이와 같은 노력의 결과가 서서히 나타나고 있지만, 이제는 우리 지방의원의 확고한 의지를 반영토록 하고 보다 확실한 각 당 중앙당 차원의 다짐을 받을 때라고 생각합니다.

이를 위해 우리 시의원 모두는 강력하고도 분명한 입장을 각 지구당 위원장에게 전달하여 지지를 이끌어내고 이를 중앙정치권에 반영될 수 있도록 지방자치법 개정을 위한 지지서명을 받고자 하는 것입니다.

의원 여러분들께서는 이러한 취지를 잘 이해하셔서, 같은 지구당 출신 시의원님들과 함께 소속 지구당위원장(원내 외 불문)의 지지서명을 받아 2002년 10월 25일까지 우리 의회 운영위원회로 제출하여 주시기 바랍니다.

(2002년 10월 19일 서울특별시의회 의장 이성구)

(3) 지방의원님들에게 띄우는 편지

지방자치가 부활된 지 13년째가 되었습니다. 그러나 아직도 우리의 지방자치현실이 개선되지 못한 것을 항상 안타깝게 생각해 왔습니다. 지방자치법 제32조를 보면 아직도 명예직으로 되어 있고 이로 인하여 보좌관은 물론 후원회제도 하나 없이 고군분투하는 것이 오늘날 우리 지방의회 의원님들의 현주소라는 것을 생각할 때 정치인으로서 책임감이 적지 않습니다.

원래 명예직 제도는 인구 몇 백 명에 불과한 유럽의 소박한 농촌 마을에서 하루일과가 끝나고 저녁에 마을회관에 모여 마을일을 의

논하던 목가적인 자치제도에서 유래된 것입니다. 그럼에도 불구하고 인구 100만이 넘은 광역자치단체는 말할 것도 없고 기초자치단체도 최소 인구 10여만이 넘고 예산도 1천억을 상회하고 있는 우리의 지방자치단체의 현실을 무시하고, 이러한 목가적인 명예직 제도를 우리의 자치제도에 접목한 것은 처음부터 잘못된 것이 아닐 수 없습니다.

다행히 그동안 전국시·도의회 의장협의회가 전 지방의원들의 뜻을 모아 지난 대선 때는 후보들에게 명예직 삭제에 관한 공개질의서를 보내고, 주요정당 대표자들은 물론 대통령직 인수위원회 등을 방문·토론·간담 등을 통하여 꾸준히 여건을 조성하고, 연이어 이번 4월 23일에 우리 한나라당 이병석 행정자치위원회 간사를 대표발의자로 하여 여야 국회의원 164명의 찬성으로 명예직 삭제에 관한 지방자치법 개정안이 발의될 수 있도록 적극적으로 지원해 준데 대하여 감사의 인사를 드립니다.

아울러 이러한 여러분의 노력들이 모여 정치권은 물론 시민단체에서도 분위기가 성숙되는 등 여건이 조성되고 있는 점은 고무적인 현상이 이닐 수 없습니다. 그러나 종전에도 명예직 삭세를 위한 개정법안들이 번번이 좌절되었듯이 마음을 놓을 수 없는 것입니다. 본인은 정치인의 한사람으로서 이러한 점에 마음으로부터 책임을 느끼면서 이번에는 기필코 본 개정안의 국회통과는 물론 후원회제도 도입 등 불합리한 지방의회 제도 개선에 혼신의 역량을 다할 것을 약속드립니다.

이는 우리 지방의원님들을 지원하고 지방자치를 한 차원 발전시키고자 하는 충정임을 이해하여 주시고, 이번 개정안이 반드시 통과될 수 있도록 앞으로도 적극적인 지원과 격려 및 협조를 부탁드립니다. 열심히 한번 해내겠습니다. 밀어주십시오.

(2003.4.25. 전국 시 · 도의회의장협의회 회장 이성구)

(4) 한나라당 의장 · 운영위원장 간담회 인사말씀

친애하는 우리 당 시 · 도의회 의장님, 그리고 운영위원장님 여러분! 바쁘신 중에도 틈을 내시어 오늘 모임에 참석해 주신 여러분에게 충심으로 감사를 드립니다.

시간관계로 저희 시 · 도의장협의회와 운영위원장협의회가 그동안 추진해 온 지방의원 명예직 삭제와 관련한 경과보고를 겸해서 간단한 인사말씀을 드리겠습니다.

미리 말씀드린 대로 오늘 오후 당사에서 갖게 되는 간담회는 그동안 우리 전국 지방의회가 일관되게 추진해 온 지방의원의 '명예직 삭제'와 관련하여 우리 당에 협조를 당부 드리고, 당지도부의 책임 있는 답변을 듣기 위한 자리입니다.

기이 통지 드린 바 있습니다만 우리 전국 시·도의장협의회와 운영위원장협의회에서는 그동안 개최한 각급 회의의 결정에 따라 지난 10월 8일 시·도의장협의회를 대표하여 저를 포함한 몇 분의 의장님들과 운영위원장협의회 회장께서 우리 당 서청원 대표 최고위원 등 당지도부를 방문한 바 있습니다.

그리고 이 자리에서는 지방의원에 대한 명예직 삭제를 강력하게 촉구하고, 이와 관련한 지방자치법 개정청원서와 공개질의서를 제출하였으며, 공개질의서에 대해서는 10월 20일까지 이에 대한 책임 있는 답변을 요구한 바 있습니다.

아울러 10월 9일에는 민주당 출신 시·도의장님들이 민주당 대표 최고위원 등을 면담하고, 지방의원에 대한 명예직 삭제를 촉구하였으며, 이에 대해서는 당 지도부의 긍정적인 답변을 들은 것으로 알고 있습니다.

또한 같은 날 우리 의장협의회에서는 지방의원에 대한 명예직 삭제를 보다 강력히 촉구하기 위하여 전국 시·도의회 의원 전원이 참석하는 토론회를 개최하고자 국회의원회관에 대한 대관 신청을 한 바 있으며, 10월 15일에는 우리 당 당사 앞에서 '명예직 삭제

관철을 위한 결의대회'를 개최하고자 관할 경찰관서에 옥외집회 허가신고를 한 바 있습니다.

그러나 국회의원회관 대관 신청과 당사 앞 옥외집회 신고는 10월 16일 국회사무처와 관할 경찰서에서 기이 다른 기관에 대한 대관신청이 허가되어 있고, 다른 단체의 선행 집회신고와 경합된다는 이유로 각각 불가통고와 금지통고를 해온 바 있습니다.

이에 저와 운영위원장 협의회장은 10월 15일 오후 국회에서 한나라당 허태열 지방자치위원장을 다시 면담하고, 지방의원에 대한 명예직 삭제조치를 거듭 촉구한 바 있습니다만 대선 이후 수당인상 등 적극적인 지원을 하겠다는 차선적 답변만 들었습니다.

그리고 지난 10월 19일에는 서울시의회에서 저와 우리 당 임동규 대표 의원, 박주웅 운영위원장 등이 다시 서청원 대표 최고위원을 면담하고, 지방의원에 대한 명예직 삭제조치를 거듭 촉구한 바 있으며, 이 자리에서 10월 8일 제출한 공개질의서에 대한 답변을 듣도록 오늘 간담회를 약속하게 되었습니다.

존경하는 의장님 여러분, 그리고 운영위원장님 여러분!
아무쪼록 오늘 간담회에서 그동안 우리가 기울인 노력의 대가로 가장 알찬 답변이 나올 수 있기를 기대하십시다. 감사합니다.

(2002.10.20. 전국 시·도의회의장협의회 회장 이성구)

(5) 한나라당 소속 전국 광역의원 대회 치사

존경하는 우리 한나라당 의원 동지 여러분!

안녕하십니까?

각종 어려운 여건 속에서도 우리나라 지방자치발전을 위하여 수고하시는 우리 의원님들의 노고에 먼저 깊은 감사를 드립니다. 여러 가지로 부족한 제가 지난해 7월에 서울시의회 의장과 전국시·도의회의장협의회 회장을 맡은 이후 지방의원 유급제 관철을 저의 소명으로 알고 추진하고 있습니다. 오늘 그 결과를 간단히 보고 드리고자 합니다.

지방분권화 시대를 맞이하여 지방분권을 원활히 추진하고 분권된 권한이 효과적으로 집행되기 위해서는 지방자치의 한 축인 지방의회제도의 발전이 무엇보다도 시급하다 하겠습니다. 지방의회제도 발전을 위해서는 지방의회를 실질적으로 이끌어 나갈 지방의원의 신분이 부업에서 직업으로 바뀌져야 합니다. 다시 말하면 명예직 삭제가 절대 절명의 과제라 할 것입니다.

따라서 이의 개선을 위하여 그동안 제가 회장으로 있는 우리 전국시·도의회 의장협의회는 전체 지방의원들의 뜻을 모아 명예직 삭제의 논리와 전략·전술을 개발하고 하나하나 실천해 오고 있습니다. 먼저 지난 대선 전부터 전국시·도의회의장협의회가 중심이 되어 양당 대선후보와 당 대표들을 여러 번 찾아뵙고 명예직 삭제를 끈질기게 요청한 결과, 양당으로부터 모두 지방의원 유급제를 실행하겠다는 답변을 받아냈습니다.

그리고 대선 후에는 대통령직인수위 김병준 정무간사를 만나 노 대통령 초기에 유급제를 꼭 실행하겠다는 약속도 받았습니다.

이러한 노력들이 가시화되어 지난 2월에는 한나라당 이상배 정책의장실에서 한나라당 행자전문위원실로 지시하여 명예직 삭제를 위하여 지방자치법 32조 개정문안을 다듬도록 했으며, 저한테도 연락이 와서 동 법률안 입안단계부터 적극적으로 지원하였습니다. 이렇게 하여 지금 이병석 의원이 제출한 바로 그 개정안을 마련한 것입니다.

그 후 국회 행정자치위원회 이병석 간사가 본 개정안을 입법 발의하게 되었습니다. 그때 제가 이병석 간사를 찾아뵙고, 몇 십 명 서명을 받아서 제출해 봤자 또 전처럼 유산될 것이 뻔하기 때문에 국회의원 서명받는 일을 우리 16개 시·도의장협의회로 넘겨주면 일주일 내에 우리가 200명 이상의 서명을 받아 내겠다고 설득한 결과 이병석 의원실에서 30명의 서명을 받은 후에 우리에게 넘겨 주었습니다.

그래서 이튿날 곧바로 전국시·도의장과 운영위원장 연석회의를 소집하였으며 그때 제가 각 시·도 의장들이 서울에서 며칠씩 호텔에 묵더라도 국회로 가서 자기 지역 출신 국회의원들의 동의를 모두 받아오도록 거듭 독려를 하였습니다.

그 결과 지난달 24일에 이병석 의원의 164명 안이 접수되었으며 또한 국회 행정자치위원회 민주당 간사인 전갑길 의원의 16명 안도 접수되게 된 것입니다.

또한 서명을 받는 과정에서 민주당 국회의원들은 2001년 12월 5일자 박상천 의원의 117명안이 아직 유효하기 때문에 별도로 서명할 필요가 없다고 하여, 민주당 국회의원들의 서명이 대부분 빠졌기 때문에 200명을 채우지는 못했지만 그래도 짧은 기간 동안 대단히 많은 서명을 받았던 것입니다.

한편 언론에는 173명의 국회의원이 서명한 것으로 보도되고 있으나 실제는 박상천 의원의 117명안이 아직 유효하기 때문에 이병석 의원의 164명, 전갑길 의원의 16명, 박성천 의원의 117명 이상 3건 합계 297명 중 이중 서명한 의원 47명을 빼면 250명 국회의원이 명예직 삭제법안에 현재 찬성 서명한 것입니다. 따라서 국회의원 270명 중 현재 250명, 즉 92%가 찬성 서명한 상태입니다.

그러나 또 한편으로는 동 법안이 국회 정치개혁특위로 넘어가게 되면 많은 시간이 걸리고 어렵게 될 수 있으므로 지난 5월 9일 박종우 국회 행정자치위원장을 헌정기념관에서 만나 특별히 부탁을 하였고 5월 21일에는 전갑길 국회행정자치위원회 민주당 간사를 만나 명예직 삭제의 당위성을 설명하고 협조를 구한 결과 적극 지원해 주겠다는 확답을 받았습니다. 또한 우리당 국회행정자치위원회 간사 이병석 의원을 수시로 만나 협조약속을 받았습니다.

이러한 노력의 결실로 이번 6월 국회에서 통과될 줄 믿지만 아직까지 우리당의 당론으로 결정된 바 없고, 종전에도 명예직 삭제를 위한 개정법안들이 번번이 좌절되었음을 알고 있기 때문에 마음을 놓지 못하고 있습니다.

그렇기 때문에 이번에 대표 후보님들에게 명예직 삭제를 책임지고 추진하겠다는 서면답변을 받아냈으며 오늘 대표 경선에 나온 우리당 후보들을 모시고 명예직 삭제 등 불합리한 지방의회 제도 개선에 대한 견해를 듣는 자리를 마련한 것입니다.

여기까지 오는데 함께 뛰어준 우리 한나라당 동지 여러분에게 이 자리를 빌려 감사의 인사를 드립니다. 특히 명예직 삭제를 위한 법률 개정추진이 여기까지 오는 데는 전국시 · 도의회 한나라당 대표위원 협의회(회장 임동규) 및 전국시 · 도의회 운영위원장협의회(회장 박주웅)의 노력이 정말 많았습니다. 이 자리를 빌려 그동안의 적극적인 노력에 진심으로 감사를 드립니다.

끝으로 이번에야말로 명예직 삭제법안이 국회에서 기필코 통과되도록 이 일을 맨 선두에서 책임 맡고 있는 저 또한 제가 할 수 있는 혼신의 노력을 다하겠다는 약속을 드리면서 아울러 우리 지방의원 모두가 나서서 국회의원을 설득하고 여론을 조성하는데 앞장서 줄 것을 간곡히 호소합니다. 감사합니다.

(2003. 6. 2. 전국 시 · 도의회의장협의회 회장 이성구)

(6) '지방의원의 유급제 실현' 우리는 해냈습니다.

(전국시 · 도의원 대상 명예직 삭제관철 관련 보고서한)

존경하는 의원 여러분! 안녕하십니까?

이번에 우리는 지난 12년간 이루지 못했던 '지방의원의 유급제 실현'이라는 큰일을 해냈습니다. 지방의원에 대한 명예직 삭제를 골자로 하는 지방자치법개정안이 지난 6월 30일 제240회 국회(임시회) 제7차 본회의에서 드디어 통과되었습니다. 저는 그날의 감격을 잊을 수 없습니다.

오늘의 이러한 쾌거는 우리 의원님들의 지속적인 성원과 전략과 전술의 성공이라고 생각합니다. 여기까지 오는데 지원과 성원을 아끼지 않으신 동료의원 여러분 참으로 감사합니다. 이러한 성공의 이면에는 많은 분들의 땀과 노력이 있습니다. 특히, 전국시 · 도의회의장협의회가 주축이 되어 전략과 전술을 개발하고 지난해부터 대통령 후보 및 정당대표들에게 명예직 삭제에 관한 공개질의서를 보내고 긍정적인 답변을 받아냈으며, 주요정당 대표와 정책위원회, 대통령직 인수위원회, 그리고 국회의 소관기관 등을 수없이 방문하여 설득 및 토론회와 간담회를 개최하여 여건을 조성하였습니다.

그리고 전국의 광역 의원들이 직접 나서서 국회의원 173명의 서명을 받아 명예직 삭제 지방자치법 개정안을 국회에 발의하도록 하였으며, 그동안 당론으로 명예직 삭제를 반대하던 한나라당을 움직였기 때문입니다. 한나라당 대표출마자 여섯 사람으로부터 명예직 삭제 동의서를 받아낸 것은 국회 다수인 한나라당 당론변경의 원동력이 되었던 것입니다.

그 후 국회 행정자치위원회 및 법사위원회 통과를 위한 우리의 노력은 참으로 눈물겨웠습니다. 그동안 만사를 제쳐놓고 저와 보조를 같이 하면서 많은 일을 해주신 임동규 한나라당 대표의원과 박주웅 운영위원장, 장수원 의원, 유대운 부의장을 비롯한 여러 의원님들의 각별하신 노력은 유급제를 관철시킨 큰 밑거름이 되었습니다. 참으로 감사합니다.

이제 남은 절차는 대통령령을 개정하여 유급제의 기본틀을 마련하는 데 있습니다. 우리는 대통령령 개정 시에 명예직 삭제에 따른 실질적인 신분변동의 가시적인 효과가 적기에 발효되도록 또다시 뛰어야 할 것입니다.

따라서 앞으로 이러한 후속 조치들이 차질 없이 진행될 수 있게 하기 위해서는 지금까지의 성원과 노력이 간단없이 지속되어야 한다고 생각합니다.

의원님들의 배전의 지도편달과 성원을 부탁드리며, 그동안의 노고에 거듭 감사를 드립니다. 대단히 감사합니다.

(2003년 7월 1일 전국 시 · 도의회의장협의회 회장 이성구)

(7) 지방의원 명예직 삭제 추진 및 운영위원 출마선언

존경하는 우리 한나라당 의원 동지 여러분!

안녕하십니까? 제도적인 미비 등 각종 어려운 여건 속에서도 우리나라 지방자치발전을 위하여 수고하시는 우리 의원님들의 노고에 먼저 깊은 감사를 드립니다. 여러 가지로 부족한 제가 지난해 7

월에 우리 시의회 의장과 전국시·도의회의장협의회 회장을 맡은 이후 지방의원 유급제 추진을 위하여 나름대로 혼신의 노력을 다하고 있습니다.

지방의원 유급제 추진현황을 말씀드리면 여러분들이 잘 아시는 바와 같이 세계화시대, 지방화시대의 권력구조는 중앙정부 내부의 권한 배분을 위한 개혁도 중요하지만 그 권한을 지방자치단체에 이양하는 지방분권형 체제로의 개혁이 이루어져야 합니다.

특히, 지방분권을 원활히 추진하고 분권된 권한이 효과적으로 집행되기 위해서는 지방자치의 한 축인 지방의회제도의 발전이 무엇보다도 시급하다 하겠습니다. 지방의회제도 발전을 위해서는 지방의회를 실질적으로 이끌어 나갈 지방의원의 신분이 부업에서 직업으로 바꿔져야 합니다. 다시 말하면 명예직 삭제가 절대 절명의 과제라 할 것입니다.

이의 개선을 위하여 그동안 제가 회장으로 있는 우리 전국시·도의회의장협의회는 전체 지방의원들의 뜻을 모아 명예직 삭제의 논리와 전략·전술을 개발하고 하나하나 실천해 오고 있습니다. 지난 대선 때는 대통령후보들에게 명예직 삭제에 관한 공개질의서를 보내고, 주요정당 대표자 및 임원진들과 합동간담회 등을 실시하고 건의서를 공식으로 접수시켰으며 방문 토론 등을 통하여 명예직 삭제의 당위성을 역설하여 왔습니다. 그 결과 정당 대표자로부터 긍정적인 서면답변을 받아냈습니다.

또한, 대통령직 인수위원회도 수차 방문하고 정책건의서를 제출하고 간담 등을 통하여 꾸준히 여건을 조성하여 왔습니다.

특히, 명예직 삭제 법안 국회발의를 위하여 각 시·도의회 의장과 운영위원장 그리고 우리당 협의회 대표들이 중심이 되어 각 지방의원들과 함께 국회의원들을 만나서 설득하고 협조를 구한 결과 170명 이상의 찬성 동의를 받아냈습니다. 우리 스스로도 놀랄 만한 결과를 얻어낸 것입니다.

이에 따라 이번 4월 23일에 국회 행정자치위원회 한나라당 간사인 이병석 의원을 대표발의자로 하여 여야 국회의원 164명의 찬성으로 명예직 삭제에 관한 지방자치법 개정안이 발의되었으며, 민주당간사인 전갑길 의원을 대표발의자로 하여 명예직 삭제법안이 4월 21일 발의되었습니다. 이는 양당에서 거의 동시에 추진되는 사항으로서 정말 고무적인 현상이 아닐 수 없습니다.

그러나 또 한편으로는 동 법안이 국회 정치개혁특위로 넘어가게 되면 많은 시간이 걸리고 어렵게 될 수 있으므로 지난 5월 9일 박종우 국회 행정자치위원장을 헌정기념관에서 만나 특별히 부탁을 하였고 5월 21일에는 전갑길 국회행정자치위원회 민주당 간사를 만나 명예직 삭제의 당위성을 설명하고 협조를 구한 결과 적극 지원해 주겠다는 확답을 받았습니다. 또한 우리당 국회행정자치위원회 간사 이병석 의원을 수시로 만나 협조약속을 받았습니다.

여기까지 오는데 함께 뛰어준 우리 한나라당 동지 여러분에게 이 자리를 빌려 감사의 인사를 드립니다.

그러나 종전에도 명예직 삭제를 위한 개정법안들이 번번이 좌절되었듯이 부정적인 몇몇 언론보도 등 마음을 놓을 수는 없습니다. 저는 지방의회를 대표하는 한사람으로서 이러한 점에 마음으로부터 책임을 느끼면서 이번 6월 중으로 기필코 본 개정안의 국회 행정자치위 및 본회의 통과를 이끌어 내겠습니다.

이러한 일을 성공시키기 위해서는 힘이 있어야 합니다. 이를 위하여 우리는 지방자치발전과 지방존중차원에서 지방의회의 대표가 각 정당의 당연직 운영위원(당무위원)에 포함되어야 한다고 각 정당에 건의를 하였습니다. 정책에 최대한 반영될 수 있도록 노력하겠다는 공식 답변을 받았습니다마는 정치권의 행태를 볼 때 쉽지만은 않을 것입니다. 따라서 6월 24일 우리당 선거 때에 지방의원을 대변할 수 있는 사람을 운영위원에 당선시켜야 합니다.

저는 이번 선거 시 동지 여러분이 저에 대한 전폭적인 지지결의를 해 주신다면 서울시 지역대표 운영위원에 출마하고자 합니다.

이는 우리 지방의원님들을 지원하고 지방자치를 한 차원 발전시키고자 하는 충정임을 이해하여 주시고 적극적인 지원과 격려 및 협조를 부탁드립니다.

감사합니다.

(2003. 5. 30. 전국 시·도의회의장협의회 회장 이성구)

(8) '명예직 삭제' 달성에 대한 인사말씀

존경하는 의장님!

그동안 참으로 수고 많으셨습니다. 그리고 감사합니다. 기이 통지 드린 대로 지난 십수 년간 줄기차게 주장해 온 '지방의원에 대한 명예직 삭제'를 위한 지방자치법개정안이 지난 6월 30일 제240회 임시국회 제7차 본회의에서 통과되었습니다.

지난해부터 대통령 후보들에게 명예직 삭제에 관한 공개질의서를 보내고, 주요정당 대표와 정책위원회, 대통령직 인수위원회, 국회의 소관기관 등을 수없이 방문하여 토론회와 간담회를 전개하는 한편, 여야정당과 국회가 스스로 법안을 발의하도록 발의서명까지 징구하여 오신 의장님들의 지혜롭고 끈질긴 노력들이 드디어 소담

스런 결실을 맺은 것입니다.

그동안 만사를 제쳐놓고 먼 길을 왕래하시면서 애를 쓰셨는가 하면, 국회 행정자치위원회와 법제사법위원회, 그리고 마지막 본회의장에까지 오셔서 최선을 다해 주신 의장님들의 아낌없는 성원과 수고에 깊은 감사를 드립니다.

이제 남은 절차는 정부가 국무회의에서 지방자치법시행령을 개정하는 순서만 남았습니다. 그리고 명예직 삭제에 따른 실질적인 신분변동의 가시적인 효과가 적기에 발효되도록 성원하는 일이 남아 있습니다. 따라서 앞으로 이러한 일들이 차질 없이 진행될 수 있게 하기 위해서는 지금까지의 성원과 노력이 간단없이 지속되어야 한다고 생각합니다.

의장님들의 배전의 지도편달과 성원을 부탁드리며, 그동안의 노고에 거듭 감사를 드립니다. 대단히 감사합니다.

(2003.7.1. 전국 시·도의회의장협의회 회장 이성구)

2장

서울특별시의회
이성구 의장
연설문

개회사

◈ 사람 중심의 살기 좋은 서울 건설 ◈

존경하는 이명박 시장과 유인종 교육감을 비롯한 관계공무원 여러분!

그리고 친애하는 동료의원 여러분!

기나긴 여름더위도 끝나고 결실의 계절을 맞이하여 지난 8월 임시회에 이어 약 1달 만에 건강한 모습으로 제136회 임시회를 개최하게 되어 매우 기쁘게 생각합니다.

지난주에는 37억 아시아인의 축제인 제14회 부산 아시안게임이 개막되어 아시아의 시대에 월드컵의 나라 한국의 브랜드와 격상된 이미지를 전 세계에 다시 한 번 알리는 좋은 기회를 맞고 있습니다.

그러나 지난달 초순 태풍 제14호 루사의 영향으로 삼척 · 동해, 김천, 영동지역에서 수해지역 복구에 재기의 땀을 흘리고 있는 수재민들을 바라보며 우리 모두 이러한 때일수록 「함께 살아가는 지혜」가 그 어느 때보다도 절실하다고 생각합니다.

친애하는 관계 공무원 여러분!

2002년 한해 중 금년도에 계획했던 사업을 이제는 알뜰하게 마무리하고 풍성한 결실을 거둘 때입니다. 그래서 지난 임시회에서 승인된 서울시 추경안의 여러 사업추진에 따른 적절한 조치를 조기에 강구하여 연말에 불용되는 일이 없도록 집행에 각별히 유념해야 할 것입니다.

서울시는 민선 3기를 맞이한 후 이제 100일이 경과하였습니다. 지난달 임시회 시의회 업무보고를 통해 사람중심의 살기 좋고 편리한 서울, 서민을 위한 따뜻한 서울 그리고 경제가 활성화되는 서울을 시정운영 방향으로 확정하여 살기 좋은 경제대도시 '서울 신화 창조'라는 핵심 목표를 위해 서울시 전 공무원이 일치단결하여 열심히 뛰고 있는 것으로 알고 있습니다. 더구나 「시정운영 4개년 계획 수립 및 추진」을 통해 10년과 20년을 내다보며 시정을 이끌어 가겠다는 거시적이고 입체적인 마스터플랜은 매우 바람직하다고 생각합니다.

한편으로 최근 「강북 미니신도시 개발」, 「재건축 대상 40년 이상」 추진 등 서민의 생활에 직접 영향을 주고 대다수 서울시민들에 해당하는 중요 핵심사업들이 충분한 여론수렴 없이, 천만 서울시민의 대표기관인 시의회의 지지와 이해를 통한 적극적인 지원 및 협력 없이 추진됨에 따라 언론 등에서도 무리한 점을 지적하고 있다는 점을 언급하지 아니할 수 없습니다.

특히 지난 7월과 8월 임시회를 통해 시민들의 아픈 곳을 해결하기 위한 의원들의 시정질문에 대한 답변이 형식적이고 의례적이며 각종 시정 자료에 대한 의원들의 요구자료 제출에 있어서의 성의 부족 등 여러 부문에 있어, 시의회에 임하는 집행부측의 보다 성실하고도 진지한 변화가 있기를 다시 한 번 촉구 드리는 바입니다.

또한 우리의 교육 역시 서울시교육청이 단독기관으로 추진해서는 안 됨은 물론 청소년 보호, 정보화 사업, 교육여건 개선에 있어 서울시와 시의회의 긴밀한 협의와 협조를 통해 법 제도와 예산측

면에서 큰 진전이 있기를 기대하는 바입니다. 더구나 서울의 지방 자치는 교육과 행정이 함께 어우러져야만 자치의 꽃이 피어 알찬 결실이 맺어질 것임을 확신합니다.

친애하는 동료의원 여러분! 그리고 관계 공무원 여러분!

오늘부터 11일간 개최되는 이번 제136회 임시회 기간 동안 지난 임시회에 이어 교통·주택·교육·환경 및 시민의 삶의 질에 관한 시정 질문과 답변, 각종 안건처리 및 청원처리 등이 예정되어 있습니다.

서울이 동북아의 허브도시, 나아가 세계의 비즈니스 중심지로서 뉴욕, 런던, 동경과 어깨를 나란히 하여 힘찬 전진을 해 나가도록 의원님들의 활발한 의정활동과 집행부 공무원들의 보다 창의적이고 적극적인 업무 추진을 기대해 마지않습니다.

끝으로 환절기에 여러분 모두의 건강관리에 각별히 주의해 주실 것을 부탁드리며, 아울러 바쁘신 가운데도 제136회 임시회 개회식에 참석해 주신 시민 여러분께 깊은 감사를 드립니다. 감사합니다.

◈ 새로운 꿈과 희망을 주는 서울시의회 ◈

존경하는 이명박 시장과 유인종 교육감을 비롯한 관계공무원 여러분!

그리고 친애하는 동료의원 여러분!

지난 145회 임시회 이후 한 달 만에 다시 건강한 모습으로 금년도 마지막 정례회를 개최하게 되어 매우 기쁘게 생각합니다. 금년은 그 어느 해 보다도 국·내외적으로 다사다난(多事多難)했던 한 해가 아닌가 싶습니다.

이라크전쟁, 북핵, 노사갈등, 경제불황, 청년실업 등 여러 가지 문제들이 복합적으로 얽혀서 지금까지도 어려운 상황이 계속되고 있으며, 특히 이라크추가파병, 대통령 재신임, 수도이전 문제 등으로 국론분열 양상마저 보이고 있어 정치적으로도 매우 혼란스러운 실정입니다.

이렇게 어려운 국내외 상황에서도 우리시의회는 일천만 서울시민의 복리증진과 삶의 질 향상을 위해 많은 노력을 기울여 왔습니다.

각종 업무보고, 민원현장 방문, 시정질문, 행정사무감사 등을 통해 시정이 올바르게 이뤄질 수 있도록 하는 등 '정책의회', '생산적인 의회'상을 정립하였습니다.

특히 금년도 우리시의회에서 처음으로 도입·실시하고 있는 시정질문 일문일답과제는 과거 일괄질문 일괄답변에 비해서 보다 연구하는 의회, 효율적인 의회운영이 되고 있다는 평가를 받고 있습니다.

한편, 2003년은 지방의원의 명예직조항 삭제 등 그동안 우리시의회가 앞장서서 지방의원의 위상강화를 위한 노력이 일부나마 결실을 맺는 매우 의미 있는 한해였다고 생각합니다.

동료의원 여러분!

지난 1년여 동안 우리시의회에서는 '수도이전반대'를 강력히 주장해 왔습니다. 그러나 정부에서 지난 7월 '신행정수도건설특별법안'을 입법 예고하였고, 조만간 국회에 수도이전관련 특별위원회가 구성될 예정이며, 금년 말까지는 수도이전관련 특별법안이 국회에서 심의·의결될 것으로 예상됩니다.

특히 최근 정부발표에 의하면 행정부뿐만 아니라 입법부, 사법부 등 국가기관 대부분을 옮기겠다는 계획이며, 처음에는 6조원이라고 하던 이전비용이 42조원으로 늘어나 기존의 행정수도이전 찬성자들조차도 정부안에 반대하고 있는 실정입니다.

이것은 행정수도이전이 아니라 수도의 모든 기능을 이전하는 것으로서 정치·경제뿐만 아니라 장차 통일문제와도 연관시켜 종합적으로 판단해야 될 중대한 국가적인 대역사(大役事)로서 반드시 국민투표에 의해 국민들의 동의를 받아야 할 것입니다.

아시는 바와 같이, 우리시의회에서는 지난 제145회 임시회에서 수도이전반대대책위원회를 구성하고 대책위원을 선임하였습니다. 이제 대책위원회가 중심이 되어 보다 체계적으로 서울시의회가 앞장서서 25개 구청과 합세하여 수도이전 반대운동을 강력하게 펼쳐 나간다면 반드시 수도 서울을 지켜낼 수 있을 것이라고 확신합니다.

동료의원 여러분!

오늘 오후에 서울시의회 앞에서 '수도이전반대 결의대회'를 개최하고, 서울시 각 지역에서 '수도이전반대 1,000만명 서명운동'을 일제히 시작하게 됩니다.

따라서 '수도이전반대 1,000만명 서명운동'에 시민들이 적극 동참할 수 있도록 수도이전 시 예상되는 문제점과 부작용들을 시민들에게 적극 홍보해 나가면서 의원여러분의 각자 출신 지역에서 대대적인 서명운동을 펼쳐 주시기 바랍니다.

수도 사수의 마지막 보루(堡壘)는 바로 서울시의회 의원 우리들입니다. 우리 서울시의원 모두가 서울시민의 생존권을 보호하는 수도 지킴이부대 선봉장으로서 비장한 각오로 수도 서울을 사수하는데 총력을 다해 줄 것을 거듭 호소(呼訴)하는 바입니다.

친애하는 동료의원 여러분!

오늘부터 열리는 제25회 정례회에서는 서울시정 및 서울시교육청에 대한 행정사무감사와 2004년도 예산안 심의 등이 예정되어 있습니다.

특히 행정사무감사는 시정과 교육행정에 대해서 시민의 입장에서 집행부를 감시 감독하고 견제하는 의회의 중요한 역할 중의 하나입니다. 일전만 서울시민을 대표하여 잘못된 부분은 지적해서 올바르게 하고, 잘한 부분에 대해서는 더욱 발전시켜 나갈 수 있도록 하는 등 보다 내실 있고 생산적인 행정사무감사가 되기를 바랍니다.

이번 정례회에서 처리해야 될 내년도 예산은 서울시 14조 1,832억원, 교육청 4조 4,393억원으로 총계가 무려 18조원이 넘는 막대한 규모입니다.

이 모두는 시민들이 부담하는 혈세이므로 한푼도 낭비되지 않도록 심혈을 기울여 꼼꼼하게 심의해 주시기를 부탁드립니다.

관계공무원 여러분!

2003년도 이제 한달 남짓 남았습니다. 금년도 추진사업들을 잘 마무리해서 유종의 미를 거둘 수 있도록 끝까지 최선을 다해 주시기 바랍니다.

아울러, 2004년도 새해 사업에 대한 추진준비를 철저히 해주기 바라며, 청계천복원사업을 비롯한 민선3기 주요 시책사업에 대해서도 면밀한 검토를 해주시기 바랍니다.

며칠전 모 백화점에서 굴착공사 중 지하철 선로 천장에 구멍을 뚫은 사고가 발생했는데, 지난 2월 대구지하철 참사가 아직도 생생한데도 대형사고로 이어질 뻔한 안전사고가 발생한 것은 매우 유감스럽습니다. 다시 한 번 안전관리를 철저히 해 줄 것을 당부드립니다.

그리고 이제 본격적인 겨울철이 다가오는데 화재관련 소방분야를 중점으로 취약지역 안전관리에 특별한 관심을 갖고 어떠한 사고도 발생하지 않도록 사전대비에 철저를 기해주기 바랍니다.

아울러 소년소녀가장, 장애인, 노인, 실직자 등 저소득 소외계층에 대한 지원과 최근에 다시 급증하고 있는 노숙자들에 대해서도 많은 관심을 갖고 특단의 대책을 강구해 주시기를 당부드립니다.

다음은 교육행정에 대해서 한 말씀드리겠습니다. 최근 공교육 정상화가 시민들의 초미(焦眉)의 관심사가 되고 있으며, 연간 10조 원이 넘는 것으로 알려진 사교육비경감대책이 강남 부동산대책과 연계되어 추진되고 있습니다마는 쉽지가 않을 것 같습니다.

얼마 전 교육인적자원부가 마련한 토론회에서 중·고교생 등 학생들이 사교육비 증가원인을 학생개인에 대한 관심, 배려 등에 있어서 공교육이 학원을 따라가지 못하고, 부족한 학교시설 등으로 현재의 상항에서 사교육이 사라지기 어렵다는 의견을 제기한 것은 우리 공교육이 총체적으로 근본적인 문제점을 안고 있다는 것을 여실히 보여주는 사례라고 하겠습니다. 시 교육청에서는 이러한 교육현장의 현실을 제대로 파악하고, 교육인적자원부와 긴밀한 협조를 통해서 보다 거시적인 방향에서 획기적이고 근본적인 방안을 강구해 주기 바랍니다. 아울러, 최근 대입수능을 끝낸 학생들이 탈

선하지 않도록 학생지도에도 만전을 기해야 하겠습니다.

동료위원 여러분!

그리고 관계공무원 여러분!

이번 정례회에서 실시하게 되는 행정사무감사, 예산안, 각종 안건 등을 시민의 시각에서 열과 성을 다하여 성실한 자세로 처리해 주시기 바라며, 우리 모두 금년 한해를 잘 마무리하고 내년도에는 보다 참신한 정책으로 시민들에게 새로운 꿈과 희망을 줄 수 있도록 최선의 노력을 기울여 나갈 것을 당부 드립니다.

끝으로, 바쁘신 일정 가운데서도 방청하여 주신 시민여러분께 깊은 감사의 말씀을 드립니다. 감사합니다.

02

의회관련
행사

◈ 시대가 요구하는 사명자 ◈

清明한 하늘이 높고, 아름다운 단풍이 붉게 물드는 좋은 계절에 산 좋고 물 좋은 설악산에서 여러분과 자리를 함께 하여 반갑습니다. 더욱이 政治的 理念과 마음이 하나된 여러분들과 서울시의회 의정발전을 위하여 한자리에 모여서 두 손을 맞잡고, 마음을 나누어 믿음을 쌓아갈 수 있는 意味있는 자리라 생각하니 기쁨이 더 큽니다.

서울시 行政은 교통, 주택, 환경, 문화 등 복잡다단하고 대도시의 특성상 해결점이 용이하지 않아 많은 고민이 있습니다. 이 어려운 때에, 우리들은 주민의 편에 서서 서울시 행정이 올바른 방향으로 나아가도록 牽制하고 監視하는 것은 물론이고, 그 차원을 넘어서, 바람직한 政策代案을 제시할 수 있는 能力 있는 시의회 의원이 되어야 할 것입니다. 이런 면에서 볼 때 제23회 定期會를 앞두고 행정사무감사와 예산·결산심의 기법에 대한 전문가 초청 세미나 및 지방자치법 등의 제도개선을 위한 의원 토론회는 매우 뜻 깊고 의미 있는 자리라 생각합니다.

잔치는 준비가 끝났습니다. 좋은 음식도 준비가 되어 있습니다. 이제 마음을 여시고 여러분의 議政活動에 좋은 양분이 될 많은 것들을 섭취하시기 바랍니다. 무엇을, 얼마나 얻을 것인가는 여러분의 마음먹기에 달려 있다고 생각합니다. 아무쪼록 良質의 영양소를 많이 얻는 기회가 되시길 바랍니다.

우리는 市民의 부름을 받고 한 시대의 奉仕者로 이 자리에 섰습니다. 처음 市議員으로서 使命을 받았을 때의 그 마음을 잊지 마시고, 時代가 나에게 준 사명를 感謝함으로 성실하게 감당하시길 바랍니다. 이럴 때 서울시의회는 발전할 것이며, 여러분은 靑史에 길이 남을 존경받는 의원이 될 것입니다.

모처럼 일상을 떠나 푸른 자연의 품으로 돌아왔습니다. 비록 짧은 일정이지만 자연이 주는 너그러움과 싱그러움을 가슴에 가득 품고 생활하시다가, 일정을 마치고 가실 때는 즐겁고 활기찬 발걸음으로 돌아가시기를 바랍니다. 감사합니다.

◈ 어두움 속에서 빛의 문을 여는 계기를 ◈

존경하는 이명박 시장님과 오늘 '서울경제의 활성화방안'에 대한 주제를 발표해 주실 조명래 교수님을 비롯한 토론자 여러분, 오늘의 행사를 준비하느라 애쓰신 서울시의회 재정경제위원회 안병소 위원장님, 그리고 이 자리에 참석하신 내외귀빈 여러분! 이렇게 뜻 깊은 자리에서 만나뵙게 되어서 대단히 반갑습니다.

계절은 만물이 생동하는 희망의 봄입니다만, 우리의 경제현실은 결코 희망적이지 못한 것이 사실입니다. 세계적인 경제침체의 장기화, 이라크 전쟁과 북한의 핵문제, 그리고 동남아에서 발생하여 전 세계로 확산하고 있는 사스(SARS, 급성호흡기증후군)의 영향으로, 우리 경제는 장기적인 경제침체에 빠져 좀처럼 회복의 실마리를 찾지 못하고 있습니다.

이러한 때에 국가경제의 중심에 있는 서울경제를 활성화시키고 우리 수도서울을 경쟁력 있는 도시로 거듭나게 하기 위해, 서울경제활성화를 위한 토론회를 개최하게 된 것을 기쁘게 생각합니다.

오늘, 이 자리에는 벤처기업 및 중소기업을 경영하시는 임직원 여러분과 여성경제인 대표 등 실질적으로 경제활동을 주도하시는 많은 분들이 참석하였습니다. 한편으로, 서울의 시정을 담당하고 있는 서울시청 간부들과 관계공무원들도 자리를 함께 하셨습니다. 오늘의 토론회는 실질적인 경제활동을 하시는 분들의 생생한 현장의 목소리를 통해 우리 경제 현실을 진단하고, 서울경제의 활성화를 위한 바람직한 발전대안을 찾아보고자 서울시의회가 마련한 자리입니다.

아무쪼록 오늘의 토론회를 통하여 서울경제의 현주소와 문제점을 정확히 진단하고, 문제해결 방안을 마련하는 계기가 되었으면 하는 바람입니다. 어려운 현실을 타개하는 것은 쉽지 않으리라고 생각합니다. 그러나 현실이 어두운 터널이라 할지라도 지혜를 모아서 함께 헤쳐나가면 우리 서울의 경제에도 서광이 비칠 날이 곧 돌아오리라고 확신합니다. 오늘의 토론회가 어두움 속에서 빛의 문을 여는 좋은 계기가 될 것을 기대합니다.

존경하는 시민여러분!

우리 시의회에서는 앞으로도 시민공청회, 토론회 등을 개최함으로써 시민이 직접 참여하는, 시민을 위한 시정이 이루어지도록 노력하겠습니다. 여러분의 가정에 건강과 행운이 깃들기를 기원하면서 인사말을 마치고자 합니다. 감사합니다.

◈ 아름다운 삶을 설계하는 계획도시 ◈

아름다운 서울, 살기 좋은 도시건설을 꿈꾸는 서울시민 여러분!

오늘 공청회를 준비하신 서울시의회 명영호 도시관리위원장을 비롯한 동료의원과 공무원 여러분, 그리고 오늘 공청회에 참여해 주신 토론자와 내외귀빈 여러분! 이렇게 뜻깊은 자리에서 만나 뵙게 되어 대단히 반갑습니다.

오늘 이 자리는 국토이용관리법과 도시계획법을 통합한 '국토의 계획 및 이용에 관한 법령'이 제정·시행됨에 따라 서울시에서 준비한 '서울시도시계획조례' 개정안을 시의회에서 효율적으로 심사하기 위하여 관계전문가 및 시민들의 폭넓은 의견을 수렴하고자 의정활동 차원에서 토론의 장을 마련할 것입니다.

서울은 우리나라의 심장부이며 정치, 경제, 사회, 문화의 중추적 기능을 수행하는 국제적인 도시로 성장했습니다. 또한 서울은 지방도시의 발전 모델이며 선도적인 역할을 수행하고 있습니다. 그러나 우리의 수도서울은 급격한 산업화와 도시화과정에서 성장위주로 개발되어 왔습니다.

21세기는 도시의 패러다임이 바뀌었습니다. 고도성장기의 개발

위주형 도시에서 이제는 시민의 삶의 질 향상을 도모하며, 지역 간 균형을 유지하여 공평한 삶을 향유할 수 있는, 그러면서도 자연과 어우러질 수 있는 친환경적인 도시건설이 요구되고 있습니다.

서울시에서는 '서울시정 4개년 계획'을 수립하여 지역간 격차를 해소하여 서울의 균형발전을 추진하고 있습니다. 도시공간구조를 5개 권역의 지역균형발전형으로 개편하여, 21C형 강북 주거환경 조성을 위한 뉴타운 조성계획과 자치구 간 균형적인 주민 삶의 질 향상을 도모할 수 있는 도시계획을 수립 시행하고 있습니다. 또한 장기적으로는 2020년을 향한 서울도시기본계획을 시민의 여론수렴과정을 거쳐 준비 중에 있는 것으로 알고 있습니다.

아무쪼록 오늘 개최하는 토론회가 균형적이고 친환경적인 21세기형도시를 건설할 수 있도록 시민의 공감대를 형성하는 공청회가 되길 바랍니다.

오늘의 공청회를 준비하신 분들의 노고에 치하의 말씀을 드리며, 이 자리에 참석하신 모든 분들의 건강과 행운이 함께 하길 기원합니다.

감사합니다.

03

시민과 함께한
대외행사

◈ **세계를 하나로 연결하는 가교의 역할** ◈

서울을 사랑하는 市民 여러분, 그리고 서울에 거주하는 外國人 여러분!

오늘, 이 아름다운 서울 하늘 아래에서 지구촌의 가족들이 한 자리에 모인 『2002 지구촌 한마음축제』의 場을 열게 되어 기쁘게 생각하고 진심으로 축하드립니다.

가을이 깊어 가는 만산홍엽의 아름다운 계절에 나라와 민족의 벽을 넘어서 여러분과 손을 맞잡고 서울사랑을 외칠 수 있게 되어 기쁘고 감격스럽습니다.

서울을 사랑하는 서울시민, 그리고 주한 외국인 여러분!

이 자리는 지난 6월 '2002 월드컵' 열기가 담겨 있는 거리응원의 메카입니다. 불길같이 일어났던 국민의 사랑과 성원이 월드컵 4강 신화를 이루어냈으며, 전 세계인이 축제분위기 속에서 하나가 되어 우정과 화합을 이루어냈던 감동의 땅입니다.

21세기는 世界化시대라고 합니다.

이제는 정보통신의 발달로 세계가 가까운 이웃이 되고, 세계인이 함께 사는 시대가 되었습니다. 그래서 우리는 이 세계를 '지구촌'이라 이름하고, 오늘 같이 「지구촌 한마음축제」가 서울의 땅에서 개최되고 있습니다.

오늘의 축제가 각국의 고유한 풍물과 음식, 민속공연을 통하여 그 나라와 민족의 전통을 깊이 이해하고 체험해 보는 값진 기회가 되리라 생각합니다.

이곳에 있는 모든 분들은 서울을 사랑하는 서울사람입니다.

이 자리가 그동안 막혔던 국가 간, 민족 간의 담을 헐어버리고, 화합의 손을 맞잡는 평화와 기쁨의 마당이 되기를 바랍니다.

오늘의 행사가 서울시민과 서울에 거주하는 외국인은 물론, 대한민국과 세계를 하나로 묶는 든든한 가교역할을 할 것으로 믿습니다.

서울에 거주하시는 외국인 여러분!

여러분은 더 이상 서울의 손님이 아닙니다. 서울이 내 고향이라 생각하시고, 서울의 주인으로서 서울을 사랑하여 주시기 바랍니다. 서울시민들도 여러분을 따뜻한 가슴으로 맞아들일 준비가 다 되어 있습니다.

오늘, 이 자리가 우리 모두가 하나가 되는 화합과 축제의 마당이 되길 기원하며, 이 아름다운 서울사랑 축제를 준비하신 모든 분들과 참석하신 여러분 모두에게 영원한 추억으로 남을 기쁘고 즐거운 하루가 되기를 바랍니다.

땡큐 베리마치! (Thank You Very Much!)

◈ 민주평화통일을 향한 염원의 불꽃을 ◈

조국의 평화통일을 위하여 수고하시는 정세현 통일부장관님을 비롯한 관계자 여러분과 의원 여러분, 그리고 내빈 여러분!

이렇게 뜻깊은 자리에서 만나 뵙게 되어 대단히 반갑습니다.

민주평화통일자문회의는 이 지구상에 유일한 분단국으로 남아 있는 우리 조국의 통일을 위해 지역주민들의 통일여망을 수렴하고, 범국민적 합의기반구축과 국민역량을 결집하는 곳으로서, 국민의 대표로 선출된 지방의회의원들의 역할 또한 대단히 크다 하겠습니다.

우리 민족의 지상 목표인 민주평화통일을 이루기 위해서는 남북 간의 화해와 협력을 통한 신뢰분위기 조성이 중요합니다. 다행히 최근 남북 관계가 대립과 불신에서 평화와 화해협력 분위기로 많이 바뀌어 가고 있습니다.

근년에 와서 공산주의 붕괴에 따른 탈냉전 분위기 조성과 우리 정부의 부단한 노력의 성과로 동토의 땅, 북한이 해빙의 조짐을 보이고 있어 우리 민족의 장래를 밝게 하고 있다고 생각합니다.

그러나 진정한 민주평화통일이 이루어지기까지는 험난한 장애물이 많이 남아 있습니다. 요즈음 세계는 다시 테러의 공포에 빠져 있으며 급속도로 냉각되어 가고 있습니다. 최근 북한의 핵개발 문제가 크게 대두되고 있지만, 이제는 북한이 핵개발을 완전히 포기하는 명백한 입장을 밝혀야 할 것입니다.

아무쪼록 오늘 준비된 순서를 통하여, 우리 민족의 현실과 미래를 다시 한 번 생각하고, 민주평화통일에 대한 염원의 불꽃을 태우는 시간이 되길 바랍니다.

오늘의 행사를 준비한 민주평화통일자문위원회 사무처 직원 및 관계자 여러분의 노고에 치하를 드리며, 참석하신 모든 분들께 무궁한 영광과 발전이 있기를 기원합니다. 감사합니다.

◈ 인간과 자연을 생각하는 청계천복원사업 ◈

아름다운 서울, 살기 좋은 서울 건설을 위해 수고하시는 이명박 시장님과 이 자리에 참석하신 내외귀빈, 그리고 서울을 사랑하는 시민여러분! 반갑습니다.

오늘은 서울도심에 맑은 물을 흐르게 하고 푸른 녹지공간을 조성하는 청계천복원공사의 첫 삽을 뜨는 날입니다.

오늘 이렇게 뜻깊은 자리에서 여러분을 만나 뵙게 된 것을 무척 기쁘게 생각합니다.

21세기는 자연과 인간이 함께 공존하며 조화를 이루는 친환경적 도시공간조성이 그 어느 때보다도 요구되고 있습니다. 이러한 시대적 조류에 발맞춰 서울시 민선3기 핵심사업인 청계천복원사업의 역사적인 첫발을 오늘 이렇게 축제분위기 속에서 내딛게 된 것을 서울시의회를 대표하여 축하드립니다.

청계천복원사업은 한마디로 서울시민의 품에 맑은 하천과 푸른 숲을 되돌려 주기 위한 사업입니다. 또한 광교, 수표교 등 단절된 조선시대 유적을 복원하여 서울 정도 600년의 정체성을 회복하기 위한 역사적 과업이기도 합니다.

청계천복원사업이 성공적으로 끝나는 날, 청계천은 분명 물고기가 돌아오며, 벌 나비가 날아오고, 아름다운 새소리가 들리는 서울의 가장 대표적인 생태공원이 될 것이며, 시민들에게 가장 사랑받는 휴식공간으로 거듭날 것입니다.

특히 광복 후 50여 년간이나 개발이 지체되어 낙후된 주변환경이 개선되면 자연스럽게 국제금융, 문화산업, 패션, 관광산업의 마케팅공간으로 활용되어 새로운 경제중심지로 발돋움하게 될 것을 기대합니다.

그러나 이 사업이 성공하기 위해서는 재원확보와 교통문제 해소, 상인대책, 시민의 협조 등 산적한 문제가 많이 있습니다. 서울시에서는 그동안 준비된 계획을 바탕으로 시민불편을 최소화하고, 무엇보다도 시민안전에 주의하여 한 건의 안전사고도 없이 성공적으로 사업을 마무리할 수 있도록 노력하여 주기 바랍니다.

시작이 절반이라 했습니다. 힘찬 각오로 축하의 목소리와 함께 시작하는 청계천복원사업이 성공적으로 완수되어 생명 있는 서울, 살기좋은 수도 서울로 거듭날 수 있도록 우리 다 함께 힘을 합쳐 노력해 나갑시다.

존경하는 시민여러분, 그리고 이 자리에 참석하신 내ㆍ외 귀빈 여러분께 다시 한번 감사를 드리며, 오늘이 있기까지 수고하신 서울시 관계자 여러분의 노고에 마음 깊이 치하를 드립니다. 감사합니다.

국제교류
의원외교 활동

◈ 서울시의회와 동경도의회 간 협력의 새 지평을 열며 ◈

존경하는 미타 도시야(三田敏哉) 東京都議會 의장님, 의원님, 그리고 관계공무원 여러분! 우리 서울특별시의회 대표단을 초청해 주시고, 이렇게 환대의 자리를 마련해 주신데 대하여 진심으로 감사의 말씀을 드립니다.

존경하는 의장님!

一極中心의 대도시로서 서로 비슷한 현안으로 고민하고 있는 東京都議會 의원 여러분과 이렇게 자리를 함께 하면서 그동안의 의정활동에 대하여 여러 가지 말씀을 나누고 서로 교분을 쌓을 수 있게 된 것을 매우 뜻깊게 생각합니다.

지금까지 한국과 일본은 양국간의 역사적 관계로 인하여 경제적인 면에서의 교류는 활발하게 이루어지면서도 인적·문화적 교류는 다른 나라와 비교할 때 미흡하였던 것이 사실입니다.

그러나, 한국정부의 문화개방정책 기조에 특히, 지난 6월에 한국과 일본이 공동으로 개최한 월드컵축구대회의 성공은 21세기를 맞이하여 한국과 일본의 인적·문화적 교류가 활발하게 진행될 것임을 알려주는 신호탄이 되었습니다. 이러한 한·일 간 교류의 촉진을 위해서 지방단위의 교류는 더욱 중요한 시점이라고 생각하며, 이번 방문이 이러한 측면에서 더욱 의미있는 활동이 되기를 기대합니다.

동경도의회 의장님을 비롯한 의원 여러분, 그리고 이 자리를 빛내기 위해서 참석해 주신 내빈 여러분!

사람들은 흔히 21세기는 아시아·태평양시대라고 말합니다. 이러한 시대를 한국과 일본 양국이 이끌어 갈 수 있도록 하기 위해서는 양국 首都의 역할이 무엇보다도 중요하다고 생각합니다. 서울시와 東京都 양 도시가 이러한 문제에 대하여 서로 고민하고 협력하면서 새로운 시대를 열어갑시다.

오늘 저녁 성대한 자리를 마련해 주신 미타 도시야(三田敏哉) 東京都議會 의장님을 비롯한 의원님, 그리고 관계공무원 여러분께 거듭 감사의 말씀을 드리며, 서울시와 東京都 간 우의가 더욱 돈독해지고 교류협력 관계가 더욱 진전되기를 기원합니다.

감사합니다.

◈ 영원한 우정과 공동번영을 위한 중심축 ◈

한·일간의 우호증진을 위해 서울을 방문해 주신 미타 도시야(三田敏哉) 동경도의회 議長님 및 동경도의회 일·한의원연맹 다나카 고우조우 회장님을 비롯한 日·韓 의원연맹회원 여러분.

그리고 '서울특별시 한·일의원 연맹' 명영호 회장님을 비롯하여 이곳에 참석하신 내외귀빈 여러분! 오늘 같이 뜻깊은 자리에서 여러분을 만나뵙게 되어 대단히 반갑습니다.

우리나라와 일본은 가장 가까이 있는 우방국으로 정치·경제 등 많은 분야에서 적극적인 교류를 통해 아시아의 중심이 되어 왔습니다. 특히 지방화시대를 맞아 대한민국의 수도 서울특별시의회와 일본국 수도 동경도의회는 긴밀한 협조관계를 유지하여 양국 지방자치 발전에 크게 기여하고 있다고 생각합니다.

서울특별시의회와 동경도의회 간에는 이미 '일·한의원 연맹'이 창립되어 상호 우호증진과 친선교류를 통해 양 의회 간의 협력을 도모하여 왔습니다.

이제 양 도시 간 지방의회의 협력관계를 더욱 공고히 하고자 지난 2월 26일에 '서울특별시의회 한·일의원연맹'을 창립하고, 오늘 서울시의회와 동경도의회 의원님들이 함께 한 자리에서 조인식을 갖게 된 것입니다. 세계화·지방화시대에 지방의회차원에서 우호 증진과 교류협력으로 양 도시의 발전을 도모하게 된 것을 매우 뜻 깊게 생각합니다.

아무쪼록 '서울특별시 한·일의원 연맹'을 중심으로 양국 수도 의회가 활발한 교류와 협력관계를 다지고, 서울市와 東京道의 영원한 우정과 공동 번영을 위해 함께 노력해 나갈 것을 기대합니다. 오늘 이 자리를 준비하시느라 수고하신 명영호 회장님을 비롯한 관계자 여러분의 노고에 치하를 드리며, 참석하신 모든 분들에게 건강과 행운이 가득하길 기원합니다. 감사합니다.

창간 및 발간사,
축하메시지

◈ **깨끗한 지구, 아름다운 서울을 위하여** ◈

신사숙녀 여러분!

제가 건배를 제의하겠습니다.

다 함께 잔을 들어 주십시오.

깨끗한 지구, 아름다운 세계를 만들기 위해 '88올림픽의 도시,

2002월드컵의 도시' 대한민국 서울에 오신 것을 환영하며

건배를 제의합니다.

'Cheers!'

Thank you so much.

◈ 시민들의 삶과 꿈을 담아내는 신문 ◈

　지방자치화시대에 서울중심의 수도권 일간지로 새 출발한 「시민일보」의 창간 9주년을 진심으로 축하한다.

　21세기는 지방자치시대이며 지식 · 정보화시대이다. 현대인은 각종 신문, 방송을 비롯한 수많은 정보지를 통하여 양산되는 정보의 홍수시대에 살고 있다. 그러나 현실생활에서 꼭 필요한 정보를 얻기가 쉽지 않은 것 또한 사실이다. 지방자치시대에 사는 시민들은 그 지역만의 특수한 사정이나 현장을 전하는 소식지를 기다리게 되었으며, 이러한 때에 「시민일보」가 지난 9년 동안 수도권지역 시민의 대변자로서 시민의 갈증을 덜어주고 있음에 천만 서울시민과 더불어 감사를 드린다.

　서울은 우리나라의 정치 · 경제 · 사회 · 문화의 중심지이며 역사와 전통을 지닌 대한민국의 수도이다. 시민일보가 서울시민의 대변자로서 자리매김을 하기 위해서는 지역주민의 알권리를 충족시키는 것은 물론 서울시민의 정서를 대변하고, 시민들의 삶과 꿈을 담아내는 시민의 대변자로 거듭나야 할 것이다. 신속 · 공정한 보도로 언론의 자유와 책임을 다하는 가운데 지역신문의 특성을 잘 살려 나가고, 지역문화의 창달을 선도해 나가 지방자치와 민주주의 발전에 크게 기여하는 신문이 되길 바란다.

앞으로 「시민일보」가 지역주민들의 삶의 현장을 찾아다니며 작은 목소리에도 귀를 기울이는 다정한 이웃이 되길 바라며, 진정한 시민들의 눈과 귀가 되어 독자들의 믿음과 사랑을 받는 시민의 소식지가 되길 바란다.

시민일보의 무궁한 발전을 기원한다.

인터뷰 및
관련기사

◈ 경영혁신을 통하여 시민편익 증진에 기여 ◈

질문 : 시의회 4선 의원으로서 모범이 될 만한 소식인데 부조금 안
     받기를 몸소 실천하셨다고 들었습니다. 청렴한 공직, 깨끗
     한 공직을 이끌어갈 새 의장이 아닌가 싶은데요. 서울시의
     신임 의장으로서 소감을 말씀해 주시죠.

의장 : 안녕하십니까?

무엇보다 서울시민에게 더 큰 봉사를 할 수 있는 기회라고 생각되어 기쁘면서, 한편으로는 무거운 책임감도 느낍니다.

저는 의장으로서 서울시의 지속적인 발전과 1,030만 서울시민의 살림살이 편익증진을 위하여 서울시의회가 가장 효율적으로 운영되도록 모든 노력을 다하겠습니다. 시간관계상 좀더 구체적인 내용을 두 가지만 말씀드린다면 첫째, 시의회가 의원들의 의정활동을 지금보다 더 많이 도울 수 있는 가능한 방법을 모두 동원하여 서울시의원들이 더욱 왕성한 의정활동을 할 수 있도록 하겠습니다.

둘째, 우리 의회가 서울시 집행부에 대한 견제와 감시를 잘 하면서도 한 걸음 더 나아가서 비전과 대안 있는 정책제시로 정책의회가 되도록 의장으로서 모든 노력을 다 하겠습니다.

질문 : 제6대 시의회 의석 분포를 보면 한나라당이 주도하게 되면서 시정에 대한 시의회의 감시의 기능이 약화될 수도 있다는 우려가 되는데요. 어떤 대안을 갖고 계십니까?

의장 : 정치적 이념이나 목적에 대한 신념이 같기 때문에 한나라당으로 소속되어 있는 것은 사실입니다.

그러나 집행부와 의회는 그 권한과 의무가 각기 다릅니다.

그 의무를 제대로 하지 않는 것은 권한은 포기하겠다는 뜻입니다.

한나라당이 다수라고 해서 비판기능을 소홀히 하는 일은 결코 없을 것입니다.

또 아무리 소수 정당이라도 그 제안이 시민의 편익에 부응되고 자치행정발전에 도움이 된다면 적극적으로 수용할 것입니다.

질문 : 교통에 관련된 현안들에 대해서 전체적으로 어떻게 보고 계시는지요?

의장 : 저는 서울의 교통문제에서 시내버스운영개선을 강조하고 싶습니다.

현재 서울시는 교통문제 해결을 위해 지하철을 중심으로 한 대중교통 위주의 정책을 시행하는 것은 적절하다고 판단됩니다.

그러나 동경이나 파리는 지하철 수송분담률이 70%인데 비해 우리 서울은 40%에 그치고 있습니다. 따라서 나머지 수송률의 대안으로 시내버스는 아직 없어서는 안 될 중요 교통수단입니다.

지하철 9호선이 개통된다 해도 수송분담률은 현재보다 10% 정도 상승될 것입니다. 나머지 50%는 결국 기존 교통수단의 몫입니다.

저는 지난 10여 년간 시의원으로서 의정활동을 통해 시내버스의 노선 등에 관한 관리체계 개선을 여러 번 집행부에 건의한 바 있습니다. 시내버스 노선에 대한 흑·적자여부를 면밀히 검토하여 시내버스 노선입찰제를 전면적으로 시행해야 한다는 것이 제 주장입니다. 아울러 지하철도 민영화를 통하여 경영개선을 꾀하고 서비스의 질을 향상시켜 시민으로부터 사랑받는 대중교통 수단으로 정착되도록 노력해야 할 것입니다.

질문 : 특히 이명박 신임시장의 공약사항인 청계천 복원에 대해서는 어떻게 생각하시는지요?

의장 : 청계천복원에 대해서는 李시장이 말해 온 대로 3000억원 예산 범위 내에서 일을 추진할 수 있다면 기본적으로 동감하고 있습니다.

물은 사람의 마음을 안정시키는 속성을 가지고 있습니다.

대도시의 중앙을 관통하는 맑은 물줄기는 시민들의 정서에
도 큰 도움이 될 것입니다.

그러나, 계획수립부터 공정과정과 사후 효과를 면밀히 검
토하여 어떤 방법이 효율적이며 시민에게 이익되는 것인지
이해득실을 따져 본 뒤 공청회 등의 절차를 거쳐 신중히 결
정해야 할 것입니다. 의회에서도 市의 구체적인 안이 나오
는 대로 철저히 검토할 것입니다.

질문 : 시청앞 시민광장 조성문제에 대해서는 어떻게 생각하시는
지요? 교통체증 유발 또는 우회도로 선정 문제로 고심이
되는 부분이기도 한데요.

의장 : 시청앞 광장화 계획은 교통체증이나 충돌에서 오는 대책이
먼저 고려되어야 합니다. 현재 시청 앞은 교통량이 하루 15
만대에 육박하는 지역이기 때문입니다.

게다가 그곳에서 일어나는 교통마찰이 다른 지역까지 연쇄
적으로 악영향을 미치지 않을까 걱정입니다.
이 문제는 너무 서두르지 말고 충분한 대안검토가 있어야
겠으며 무엇보다도 어떤 방법이 시민에게 이익이 되는 것
인지를 먼저 생각해야 합니다.

지난번 월드컵 대회처럼 큰 행사가 있으면 그때 교통 통제를 해서 활용하도록 하면 될 것입니다.

질문 : 서울시의 예산적자를 유발하는 지하철 문제해결을 위해 많은 대안들이 논의되고 있는데요, 그 대안 중의 하나가 지하철 민영화사업이기도 했습니다. 서울시의 살림을 직접 꾸려가실 분으로서 효율적인 예산관리를 위해 어떤 계획들을 가지고 계신지요?

의장 : 서울시에서는 2001년부터 성과주의 예산제도를 전국 최초로 도입하여 운영하고 있는 것으로 압니다.

따라서 제도운용 취지에 맞게 당초 목표설정에 대한 성과달성이 미흡한 사업과 시민만족도가 낮은 사업들은 예산을 과감하게 삭감하거나 중단해야 한다고 생각합니다.

또한 전시성 예산과 선심성 예산은 가차없이 삭감하여 소외계층의 생활안정대책 재원으로 집중 활용할 것입니다. 예컨대, 도로 · 교통(총예산의 19.9%) 분야나 환경 보전(총예산의 14.7%)의 일부가 다소 소모적 예산이라고 판단하고 있습니다.

이런 예산을 줄여서 소외계층 예산으로 돌리겠다는 말입니다.

2001년 말 현재 서울시 부채 규모는 6조 1,925억(지하철 부채 5조 107억, 상하수도 3,724억, 주택사업 7,077억, 기타사업 1,017억)입니다. 서울시 건전 재정 유지를 위해 총 6조 1,925억 규모의 부채를 줄여 나갈 것입니다.

규모가 가장 큰 지하철 부채 5조 107억 중 건설부채 3조 3,317억(66.5%)에 대하여는 2001~2007년까지 원리금의 50%를 정부와 시가 지원하며 단계적으로 감축하고 운영부채 1조 6,790억은 공사의 강도 높은 구조조정 등 경영혁신, 지하철 요금 현실화 등으로 부채를 감축해 나가겠습니다.

그간 부채 절감실적은 2001년도의 경우 감책목적 예비비를 활용하여 고이율 부채를 우선 상환하여 2,508억을 감축하고 2002년도에는 1,616억 감축목표를 설정하여 부채특별관리대책을 추진하고 있습니다.

질문 : 서울시민들을 위해 구체적으로 구상하고 있는 계획들이 있을 것 같은데요, 과거에 구현되지 못했던 여러 사안들 중 특히 관심을 갖고 있는 부분들이 있다면요?

의장 : 과거 서울시 행정은 복마전이란 오명으로부터 자유롭지 못

했습니다. 그러나 현재는 서울시를 복마전으로 부르는 사람은 거의 없는 듯합니다. 그만큼 투명해졌다는 뜻이 될 것입니다. 이제 서울시 행정에 필요한 것은 경영마인드입니다. 저는 30여 년 동안 쌓아온 경영기법을 서울시민과 지방자치 그리고 서울시 조직을 위해 남김없이 투자할 각오로 의장직을 수락했습니다.

마침 이명박시장도 기업적 행정 필요성을 깊이 인식한 것 같아 서울시 행정의 전망은 밝습니다. 같은 맥락에서 지하철 민영화는 매우 고무적인 일이라 생각합니다.

또 주거환경의 오염원으로 주민이 반대하고 있는 쓰레기 소각장 건설 등은 중지하도록 권고하고, 사업성 예산은 경영적 측면에서 개혁하도록 노력하겠습니다.

질문 : 어떤 특권이 아닌 서울시민을 끌어안고 감싸안는 의회지도부로서 또 서울시의회 의장으로서 서울시민들에게 각오를 전해 주신다면요?

의장 : 시민여러분들께서 아시는 바와 같이 이명박 서울시장은 CEO 출신이며 저 또한 경영자 출신의 4선 의원입니다.

서울시의 특별회계와 6개 공기업의 예산을 합하면 연간 7조원의 사업성 예산이 집행되고 있습니다. 따라서 경영자 출신 시장과 시의회 의장이 뜻을 모은다면 경영개혁을 통하여 많은 예산을 절감하고 시민편익을 크게 증진시킬 수 있다고 생각합니다.

앞으로 저와 서울시의회 의원들은 항상 시민의 편에서 시민을 위한 시민의 심부름꾼으로서 역할을 열심히 하겠습니다.

변함없는 성원과 협조를 부탁드립니다.

◈ '서울숲' 조성지 교통방송 현장 스튜디오 ◈

> 녹지조성은 바로 공기 질 개선의 가장 중심이 되지 않을까 싶은데 보다 넉넉한 녹지조성, 우리 서울 시민들이 더 기대해 볼 수 있을까요? (의장님으로서의 나름대로 생각 등)

안녕하십니까? 서울시의회 의장 이성구입니다. 녹지조성은 대기오염을 막기 위한 방법 중 하나입니다.

특히 나무의 여러 기능 중에 오염된 공기 정화 기능은 이미 알려진 사실이며, 큰나무 1그루가 4사람이 하루에 필요한 산소(1인당 0.75kg)를 공급한다는 연구결과도 있었습니다.

현재 서울의 녹지공간은 인구 증가와 경제발전으로 토지에 대한 수요 요구가 높아지면서 계속 개발할 수밖에 없는 실정에 있어 그 훼손이 날로 심해지고 있으며 서울의 공원면적은 강남과 강북 지역 간에도 현격한 차이를 나타내고 있습니다.

서울시는 이러한 공원녹지의 지역적 불균형을 해소하고 쾌적한 도심 환경을 조성하기 위해 서울숲 조성이라든가, 1동 1마을 공동 조성, 학교 공원화 계획, '서울 트러스트 운동' 등을 통해 생활권 녹지 100만 평 늘리기 사업을 전개하고 있는 것으로 알고 있습니다.

이 사업이 완료되면 서울의 환경은 크게 나아질 것으로 판단되며 이에 따라 시민여러분의 생활도 좀더 쾌적하고 여유로운 삶이 될 것으로 확신합니다.

최근 발표에 의하면 서울의 미세먼지 발생 수치는 30개 OECD 회원국 가운데 높은 것으로 나타났으며 각종 호흡기 질환을 일으키는 미세먼지는 휘발유차에서는 발생되지 않고 경유차에서만 발생된다고 합니다.

또한 서울의 대기오염원 가운데 자동차 매연이 차지하는 비율은 85.4%에 달하고, 그중에서도 전체 차량의 29%를 점유하는 경유차가 내뿜는 오염물질이 전체의 52%라는 조사결과가 있었습니다.

서울시에서는 이렇게 악화된 대기질 개선을 위해 버스 1대당 2,250만원을 지원하는 등 많은 예산을 들여 시내버스를 무공해 천연가스를 사용하는 CNG버스로 교체 중에 있으며, 경유를 사용하는 청소차량 등 각종 관용차량에 대해서도 천연가스 사용확대를 추진하는 등의 노력을 기울이고 있습니다.

이런 가운데 정부의 2005년 경유승용차 시판 허용은 납득이 가지 않는 행위로, 이러한 정책은 절대 있어서는 안 될 것입니다.

이와 관련하여 우리 시의회는 지난 141회 임시회에서 정부의 2005년 경유승용차 시판 허용에 반대하는 결의문을 채택하고 그 내용을 관계 중앙부처에 전달한 바 있는데, 본 정책이 철회될 때까지 시의회는 끝까지 노력할 것입니다.

07

기고문 및
기타

◈ **하늘이 준 봉사의 기회** ◈

지방자치가 부활된 지 11년째다. 그동안 지방의회는 뜻 있는 여러 사람들의 헌신적인 노력으로 발전을 거듭해 왔지만 아직도 만족할 만한 수준이라고 말할 수 없는 사실이 유감스럽다.

나는 6·13선거에서 4선 의원이 된데 이어 1,030만 서울시민의 목소리를 대변해야 할 서울시의회 의장으로 선출되었다. 그뿐 아니라 지난 8월 2일에는 전국 16개 시·도의회의장단협의회 회장으로 피선되었다. 두 단체의 대표라는 사실에 무거운 책임감을 느낀다. 그러나 나는 이 직책을 하늘이 주신 봉사의 기회로 삼아 지방의회 발전을 위해 효율적인 의회운영의 시스템을 창출하여 공약에 이바지하려 한다.

나는 지난 11년 동안 서울시의회에서 지방자치와 의회발전을 위해 나름대로 최선을 다해 왔지만 연간 11조 6,700억원의 예산으로 국방과 외교만이 제외된 복잡다단한 서울시 종합행정을 속속들이 알지는 못한다. 그러나 나는 30여 년의 기업경영을 통해 조직의 흥망성쇠는 인사와 예산에서 비롯된다는 사실을 오랜 경험으로 터득해 왔다. 따라서 서울시의 발전도 지방자치행정의 발전도 예산과 인사라는 두 분야가 키워드임을 확신하고 있다. 그러므로 인사와 예산이 초석과 핵이 되어 모든 행정발전을 예측하는 미래지향적이기 위해서는 두 분야가 효율적으로 운영되어야 한다.

이처럼 행정이 비전을 제시하기 위해서는 집행부의 치밀한 계획수립도 중요하지만 의원 모두가 충정과 봉사정신으로 행정의 감시와 감독은 물론 정책대안을 제시할 수 있는 전문가적인 안목을 갖추어야 한다. 그러나 지방의원의 절대다수는 생업에 종사하면서 의원직을 수행하고 있다. 그러므로 생업을 위한 경제활동이 원활한 의정활동의 걸림돌이 되고 있는 것도 사실이다. 언급하기 어려운 말이지만 지방의원이 받을 수 있는 수당은 월 170만원이다. 이

액수는 서울 변두리 식당에서 막일을 하는 종업원 한 사람의 급여 수준이다. 사실 이 정도의 수준으로 100만, 심지어 1,000만이 넘는 시민을 대변하면서 광역시·도의 방대한 행정을 감시·감독하기 위한 전문성을 요구하는 것은 무리일 수밖에 없다.

따라서, 나는 서울시의회 의장과 전국광역시·도의장협의회 대표로 재임하는 동안 모든 노력을 기울여 지방의원 유급제와 보좌관제 운영을 관철하려 한다. 이를 위해서는 관계법과 제도개선이 전제되어야 하겠지만, 이는 지방의회 발전을 위해서는 먼저 마무리되어야 할 선결과제이기 때문이다.

하늘이 내게 주신 봉사기회를 내 인생의 천명으로 알고 정성을 다하는 것이야말로 이 나라 지방의회 발전에 힘을 더하는 일이며, 지금 이 시간에도 자신의 희생을 감수하며 헌신하고 있는 대다수 지방의원들의 노고에 보답하는 일이라 생각한다.

◆ 결혼식장에서 축의금 사절과 도서상품권 선물 ◆

따뜻한 햇살 아래 진달래와 개나리꽃이 활짝 피어 마음껏 봄을 노래하고, 엊그제 하얀 봉오리를 수줍게 피어 올리던 목련이 순백의 드레스를 입고 자태를 뽐내는 날, 덕수궁 뜰 안에는 한 송이 꽃이 되어 사뿐히 날아드는 예비신부들의 아름다운 모습들이 행복합니다. 봄은 한 쌍의 젊은이들이 축복 속에 영원한 사랑을 기약하고, 인생을 새 출발하기 좋은 시절입니다.

그런데 언제부터인가 축복 속에서 이루어져야 할 결혼식이 자기과시와 사치풍조를 조장하고, 서로에게 부담을 주는 부조리한 현실을 보면 안타까운 마음이 듭니다. 우리나라에서도 해방 전까지만 해도 이웃이나 친지 간에 경조사가 발생하면 진심으로 기뻐하고, 슬픔을 같이 하면서 일손을 돕고 갖고 있는 물건을 나누었습니다. 또한 그 고마움의 표시로 성심껏 대접을 하였습니다. 그러나 해방 후 산업화과정에서 배금주의와 편의주의가 만연되면서 참된 경조사 동참의 의미가 퇴색되어 현금봉투를 주고받는 것이 주된 일이 되어 버린 부끄러운 관습으로 변질되고 말았습니다.

동서고금에도 그 유례가 없는 초대규모, 돈봉투문화로 전락한 우리 경조문화가 가까운 사람들과 기쁨과 슬픔을 함께 나누는 아름다운 미풍양속으로 전승되도록 노력하여야 할 것이며, 그러기 위해서는 경조금이라는 명목으로 돈봉투가 오고 가는 것은 반드시 고쳐야 합니다. 그렇게 되면 자연히 꼭 모셔야 할 사람들만을 모시고 서로의 정을 따뜻하게 나누는 진정한 축복과 위로의 경조문화가 이루어질 것입니다.

이러한 경조문화를 만들어 가기 위해서는 사회지도층에 있는 사람들이 먼저 솔선수범을 보여 정말 꼭 초청해야 할 사람들만 모셔서 진심에 우러난 축복과 위로를 받아야 할 것입니다. 이것이 사회를 맑게 하는 길이고, 우리 전통의 아름다운 풍습을 이어가는 것이라고 생각합니다.

저는 이 심각한 경조문화의 병폐를 깨닫게 된 후 뜻이 맞는 분들과 함께 2000년 7월에 '경조사 축부의금 안 받기범국민운동본부'를 설립하여 지속적으로 대국민 홍보를 하고 있습니다. 서울역 및 명동 등에서 캠페인을 하고, 사회지도층 인사들에게 이 운동에 앞장서 줄 것을 호소하는 서한을 발송하는 등 다각적으로 활동하고 있습니다.

1993년 제가 서울시의회 재경위원장직을 맡고 있을 때였습니다. 당시 행정고시커플인 아들의 혼례식에 '축의금을 정중히 사절합니다'라는 문구를 접수대 위에 붙여 두었습니다. 축하객들이 당

황하였고 여기저기 접수대를 찾느라 두리번거리는 사람 또한 많았습니다. 그러나 취지를 전해들은 사람들 대부분이 바람직한 일이라고 고개를 끄덕이는 것을 보았습니다. 그런데 며칠 후에 시의회 사무실에 들르니 어떻게 결혼식을 아셨는지 서울시장을 비롯한 많은 공무원들이 시의회로 축의금을 전달해 주셨습니다. 성의로 보내 주신 축의금을 그냥 되돌려 보낸다는 것은 그분들의 성의를 무시하는 것 같은 오해를 받을 수가 있었기 때문입니다. 그래서 축의금 전부를 도서상품권으로 구매하여 축의금을 보내주신 분들에게 축의금액만큼의 도서상품권을 고마움의 표시로 선물을 하였습니다. 그 이후 많은 사람들로부터 공직사회에 산뜻한 청량제가 되었다는 말씀과 격려를 들었던 기억이 새롭습니다.

축의금 안 받기운동은 새로운 것이 아닙니다. 아름다운 우리 전통의 풍습을 되찾자는 것이며, 진정으로 축하하고 위로하는 경조문화를 이루어가자는 작은 외침입니다. 이 작은 노력이 밝은 사회 만들기에 한줄기 빛이 되고, 많은 분들이 동참하여 이 땅에 아름다운 경조문화를 만들어 가기를 소망합니다.

3장

전국시도광역의회
의장협의회
이성구 회장 연설문

01

신년사

◈ 2003년 협의회 신년사 ◈

친애하는 시 · 도회 의장님과 의원여러분!

지난해에 베풀어주신 후의와 성원에 깊은 감사를 드립니다.

참으로 다사다난했던 임오년이 역사 속으로 저물고 새 천년의 세 번째 해인 계미년의 새 아침이 우리 앞에 밝아 왔습니다. 지난 한해에는 우리나라에서 월드컵축구대회와 아시아경기대회가 개최되었고, 6 · 13 지방동시선거와 대통령선거가 실시되는 등 거국적

사건들이 꼬리를 물고 이어져 왔습니다.

그 어느 때 보다도 지방화의 분위기가 고양된 한해이기도 했고, 국가적 위상강화와 도약의 발판이 마련된 한해이기도 했습니다. 그리고 짧은 기간이지만 그동안 우리 제9기 전국시·도의회의장 협의회도 우리나라 지방의회의 육성발전을 위해 괄목할 만한 활동을 전개했다고 자부합니다.

각 시·도의회가 2002년 7월 원 구성을 마치자마자 두 차례의 정례회와 행정사무감사를 치르는 와중에서도 지난 8월 협의회를 창립하고, 의욕적인 대정치권 활동을 전개하여 왔습니다.

주지하시는 바와 같이 지방의원에 대한 명예직 삭제와 관련해서는 협의회 임원, 전체회원, 전체회원과 운영위원장협의회의 공동 주관 등으로 6회에 걸친 중앙정당의 지도부와 연쇄 간담회를 개최한 바 있습니다. 그리고 이 자리에서는 지방의회 측의 강력한 결의를 전달하고, 이에 대한 원내 제1·2당의 실천약속을 받아내는 등 그 어느 때보다 비중 있는 활약을 전개하였습니다.

앞으로도 우리 협의회는 전국 시·도의원들의 의견을 수시로 수렴하여 우리나라 지방자치의 발전과 지방의회의 육성을 위해 필요한 모든 노력을 경주하고자 합니다.

특히 지방의원의 명예직 삭제는 반드시 실현되도록 최선을 다할 것이며, 지방의원에 대한 보좌관제도와 후원회 도입문제도 가장 심도 있는 검토를 추진해 나갈 것입니다. 전국 시 · 도의회 의원님들의 특별하신 성원과 편달을 부탁드려 마지않습니다.

다가오는 새해에는 더욱 건강하시고, 의장님과 의원님의 가정에 만복이 가득하시기를 기원 드립니다.

감사합니다.

2003년 1월 일

전국 시 · 도의회의장협의회 회장 이 성 구

◈ 2003년 지방의회 발전연구원 신년사 ◈

격랑의 임오년이 역사 속으로 사라지고 대망의 계미년 새해가 밝았습니다. 그동안 지방자치 발전을 위해 공헌해 오신 사단법인 지방의회발전연구원과 애독자 여러분의 성원에 대하여 심심한 감사의 말씀을 드립니다.

지금 세계는 급변하고 있습니다. 지식 · 정보사회의 도래로 개인 간, 기업 간, 국가 간, 또 도시 간에 생존경쟁이 날로 치열해지고 있습니다. 이러한 무한경쟁의 시대에 살아남기 위해서 무엇보다도 중요한 것은 경쟁력 강화입니다. 특히 국가의 경쟁력은 지방경쟁력의 성공을 통해서 달성된다고 봅니다. 따라서 국가와 지방은 혼연일체가 되어 지방경쟁력을 강화하는데 지혜를 모으고 매진하여야 할 때입니다.

그럼에도 불구하고 지방자치부활 13년째가 되었지만 아직도 거미줄처럼 얽어매고 있는 각종 규제법령과 지방자치를 둘러싸고 있는 비우호적인 정치, 사회, 언론 환경은 참으로 우리를 힘들고 지치게 하고 있습니다. 이러한 여건 속에서 불합리한 지방자치제도를 개선하기 위해서 우리는 보다 면밀한 계획과 전략 · 기술을 개발하여야 합니다.

우리 의장협의회에서는 전국 지방의회의 구심점이 되어 이러한 일을 해결하는데 앞장을 서도록 하겠습니다. 먼저 기초의회를 포함하는 전국의 지방의회를 네크워크화하고 아이디어와 지방의 문제를 수렴하여 이를 정책과제화하겠습니다.

둘째, 선정된 정책과제에 대한 학술세미나, 포럼, 토론회 등을 개최하고 관련 중앙부처 장관과의 간담회, 기자회견 등을 통하여 끊임없이 여론을 조성하고 이를 통한 관계 법령의 개정추진 등 지방의 의사를 정책에 반영되도록 하겠습니다.

셋째, 우리의 정당한 요구가 기득권 수호차원이나 중앙집권적인 사고 속에서 관철되지 않을 때는 전국의 지방의원의 에너지를 총결집시켜 전국적인 세미나, 궐기대회 개최 등 단합된 힘으로 문제를 해결해내는 정치적 역량을 발휘하도록 하겠습니다. 그렇게 하여 형식적인 지방자치를 실질적인 지방자치로 한 차원 업그레이드 시키고 문제를 해결해내는 생산적인 지방의회 및 의장 협의회가 되도록 하겠습니다.

그리고 시민생활에 불편을 주는 불합리한 조례, 규칙, 관행을 개선하여 시민을 위한 지방자치, 시민으로부터 사랑받는 지방의회를 구현하겠습니다. 시민복지 수준을 한 차원 높이고 사고와 재해가 없는 안전한 도시, 맑고 푸른 환경도시, 산업경쟁력이 높은 경제도시, 국제수준의 문화도시, 21세기 정보·지식 사회의 주역이 될 인재양성의 교육도시를 가꿀 수 있도록 전국 시·도의회의장협의회는 문제해결을 위한 공동연구 및 정책계발 등을 통하여 지방의 문제를 하나하나 해결해 나가는 정책개발의 산실로서 거듭나고자 합니다. 이러한 일이 성공할 수 있도록 지방의회발전연구원의 지속적인 지원과 애독자 여러분의 적극적인 관심과 사랑을 부탁드립니다.

끝으로 지방자치 발전을 위한 사단법인 지방의회발전연구원의 노고에 다시 한번 감사 드리면서 계미년 새해를 맞아 귀 연구원과 애독자 여러분의 무궁한 영광과 발전을 기원합니다.

전국 시·도의회의장협의회 회장 이 성 구

축사, 창간사

◈ 전국시·군·자치구의회 의원결의대회 축사 ◈

존경하는 전국시 · 군 · 자치구의회 의장회 이재창 회장님! 그리고 전국의 시 · 군 · 자치구의회 의장님과 의원 여러분! 오늘 개최하시는 시 · 군 · 자치구의회 의원결의대회를 전국 682인의 시 · 도의원을 대표하여 진심으로 축하를 드립니다.

오늘의 결의대회는 그 규모나 내용은 물론 시기적으로 매우 적절한 행사로서 지방자치발전의 원동력이 되리라 믿어 의심치 않습니다.

친애하는 시·군·자치구의회 의원 여러분!

아시는 바와 같이 그동안 시·군·자치구의회 의장회와 우리 전국 시·도의회의장협의회는 지방자치와 지방의회의 발전을 저해하는 수많은 법적·제도적 현안문제들에 대하여 정부당국과 정치권에 충정어린 건의와 대안을 제시하는 등 지방자치의 걸림돌을 제거하기 위하여 지속적인 노력을 경주하여 왔습니다.

그러나 국회와 중앙정부에서는 우리의 이러한 노력에도 불구하고 우리의 건의들을 묵살하고 있거나, 형식적인 반영으로 일관하고 있습니다.

따라서 우리의 의지를 관철시키기 위해서는 우리 지방의원들이 전략과 전술을 개발하고, 국민은 물론 언론과 시민단체 등의 지지를 이끌어 내야 한다고 봅니다.

21세기 지식정보화시대, 지방화시대를 맞아 진실로 국가발전을 위해서는 지방이 발전되어야 하며, 지방의 발전을 위해서는 지방이 자율성을 확보하고 지방자치의 한 축인 지방의회가 이에 상응하는 발전을 이루어야 합니다.

고도로 분화된 산업사회에서 지방의원의 기능은 고전적인 농촌사회의 동네 일이 아니며, 전문성과 기술성이 요구되고, 업무에 전심전력해야 할 필요성이 대두되고 있습니다. 이에 따라 지방의원의 유급직은 세계적인 추세입니다.

특히 우리나라의 기초자치단체는 최소 인구 5만이 넘고, 예산도 1천억을 상회하는 대규모 단체로서 유럽의 소박한 농촌형, 마을단위형 자치단체와는 그 업무량은 물론 질적인 면에서 큰 차이가 납니다.

그럼에도 불구하고 이러한 소규모적인 목가적 자치단체의 명예직을 우리나라 지방자치제도에 접목시킨 것은 처음부터 잘못된 일이라고 봅니다. 따라서 지방의원의 명예직 삭제가 무엇보다도 시급하다고 생각합니다. 또한 자치조직권과 지방재정의 확충은 물론, 국가사무의 과감한 지방이양 등 지방자치발전을 위한 법적·제도적 장치가 시급히 보완되어야 합니다.

이러한 차원에서 저희 전국시·도의장협의회는 지난 10월 중 지방의원에 대한 명예직 삭제를 위해 협의회 임원들이 5회에 걸쳐 양당대표와 정책당국자들을 방문하거나 간담회를 개최하여 이의 필요성과 당위성을 강도 높게 강조하고 주장해 왔습니다.

아울러 저희 협의회에서는 대선을 앞두고 명예직 삭제를 위한 공개질의서를 그동안 유급제에 다소 소극적이었던 한나라당 측에 전달한 바 있습니다. 그리고 이에 대한 답변을 듣기 위하여 한나라당 서청원 대표 등을 초청하여 전국의 광역의회 당 소속 의장과 운영위원장들이 합동회의를 개최하였으며, 이 자리에서 서청원 한나라당 대표로부터 긍정적인 답변을 받아냈습니다.

또한 민주당 출신 시·도의회 의장들은 민주당 한화갑 대표 등을 면담하여 긍정적인 답변을 받아낸 바 있습니다. 그리고 지금 우리 협의회는 명예직 삭제와 관련하여 한나라, 민주 양당이 공동으로 참여하는 입법청원을 추진하고 있고, 전국의 시·도의원들이 소속 지구당 위원장들로부터 명예직 삭제에 대한 동의서를 받고 있는 등 모든 노력을 경주하고 있습니다.

이러한 우리의 주장들이 관철될 수 있기 위해서는 전국의 기초 및 광역의회 의원들이 일심동체가 되어 함께 노력하여야 한다고 생각합니다.

끝으로 지방자치 발전을 위한 여러분의 노력에 경의를 표하면서 오늘 여러분의 주장이 한국 지방자치 발전의 한 페이지를 다시 쓰는 계기가 되기를 충심으로 바라면서 축사에 갈음합니다. 감사합니다.

2002. 11. 19.

전국 시·도의회의장협의회 회장 이 성 구

◈ 경실련 주최 지방의회 발전방안 토론회 축사 ◈

"지방의원의 신분" 이제는 바뀌어야 한다.
- 부업에서 직업으로 -

존경하는 내외 귀빈 여러분!

참여정부의 주요 공약사업인 지방분권, 이를 위한 '정부혁신 지방분권위원회'가 구성되고 지방분권 추진을 위한 핵심전략들이 마련되고 있는 중요한 시점입니다. 이러한 시의 적절한 때에 '분권화 시대, 지방의회의 기능 활성화를 위한 제도적 개선방안'이라는 주제로 토론회를 개최하여 주신 '경제정의 실천시민연합' 이종훈 대표님에게 먼저 심심한 감사를 드립니다.

아울러 오늘 토론회 사회를 맡아주실 김의식 경기대 교수님, 발제를 맡아 주실 송광태 국립창원대 교수님, 그리고 토론에 참석하여 주실 국회 행정자치위원회 한나라당 간사인 이병석 의원님, 동 민주당 간사인 전갑길 의원님, 이승종 성균관대학교 교수님, 신철영 경실련 사무총장님, 강병규 행정자치부 자치행정국장님, 김원기 강원도의회 운영위원장님, 양승현 대한매일 논설위원님을 비롯한 오늘 토론회에 참석하여 주신 내빈 여러분들에게 진심으로 감사의 인사를 드립니다.

저는 지방자치의 한 축을 이끌고 있는 한 사람으로서 "지방의원의 신분 이제는 바뀌어야 한다"라는 주제로 축사를 겸한 간단한 인사말씀을 드리고자 합니다.

여러분들이 잘 아시는 바와 같이 다원화된 정보·지식사회에 대응하기 위한 21세기의 권력구조는 중앙정부 내부의 권한 배분을 위한 개혁도 중요하지만 그 권한을 지방자치단체에 이양하는 지방분권형 체제로의 개혁이 이루어져야 합니다.

특히, 지방분권을 원활히 추진하고 분권된 권한이 효과적으로 추진되기 위해서는 지방자치의 한 축인 지방의회제도 발전이 무엇보다도 시급하다 하겠습니다. 지방의회제도 발전을 위해서는 지방의회를 실질적으로 이끌어 나갈 지방의원의 신분이 부업에서 직업으로 바꿔져야 합니다. 다시 말하면 명예직 삭제가 절대절명의 과제라 할 것입니다.

원래 명예직 제도는 인구 몇 백명에 불과한 유럽의 소박한 농촌마을에서 하루 일과가 끝나고 저녁에 마을회관에 모여 마을 일을 의논하던 목가적인 자치제도에서 유래된 깃입니다. 그럼에도 불구하고 인구 100만이 넘은 광역자치단체는 말할 것도 없고 기초자치단체도 최소 인구 10여 만이 넘고 예산도 1천억을 상회하고 있는 우리의 지방자치단체의 현실을 무시하고, 이러한 목가적인 명예직 제도를 우리의 자치제도에 접목한 것은 처음부터 잘못된 것이 아닐 수 없습니다.

※ 예를 들면 영국은 2002년부터 유급직으로 전환되고 프랑스 등 지방의원을 명예직으로 하던 국가들도 사실상 금전적 보상을 통한 유급직으로 바뀌고 있는 것은 세계적인 추세이며, 기초단체의 경우 인구 5백명 이하 자치단체가 프랑스 2만 4천개, 독일은 종래의 서독지역에만도 8천여 개가 있으며, 이 중 인구 1천 이하의 단체가 3천여개가 넘지만 우리의 경우 인구 5만 이하가 거의 없으며, 최근 「중앙행정권한의지방이양촉진등에관한법률」이 제정·시행됨으로써 지방의원의 업무와 책임은 지속적으로 증가하고 있음.

특히 지난 1998년에 광역의원은 약 1/3을 감축하였고 기초의원은 약 1/4을 감축하였으며 언론, 학계, 시민단체, 정치권에서도 긍정적으로 변하고 있는 것을 볼 때 유급제의 기반은 조성된 것으로 볼 수 있습니다.

유급직 전환 시에 예산의 증가를 걱정하지만 1단계로 현재 받고 있는 수당 등의 유급화를 통하여 유급직을 도입할 때 추가적인 예산 소요는 없으며 2단계로 보수를 인상한다 할지라도 모든 지방자치단체에 적용하지 않고 자치단체의 재정여건 등을 감안하여 실시 시기와 급여수준에 대한 기준과 한계를 대통령령으로 정한다면 큰 문제가 되지 않는다고 생각됩니다.

따라서 시급히 명예직을 삭제하여 완전한 직업인으로서 지방자치 발전에 전심전력할 수 있게 하여야 합니다. 이렇게 될 때 추가되는 예산비용보다 더 많은 예산 절감 등 시민편익을 제고할 수 있다고 확신합니다.

아무쪼록 오늘 이 토론회가 지방의원의 신분개선과 지방의회 제도발전을 위한 전략을 개발하고 여론을 조성하는 뜻깊은 계기가 되기를 전국의 모든 지방의원과 함께 기대해 마지않습니다. 오늘 세미나의 성공적인 개최를 거듭 축원 드립니다. 감사합니다.

2003. 6. 5.

전국 시·도의회의장협의회 회장 이 성 구

◈ 경기도의회 주최 지방분권 관련 정책토론회 축사 ◈

존경하는 경기도의회 홍영기 의장님을 비롯한 의원여러분!

그리고 내빈여러분과 발표자 여러분!

21세기 분권화시대의 벽두에서 '자치역량 강화를 위한 지방분권 과제와 대책'이라는 주제 하에 지방분권과 관련한 정책토론회를 개최하시는 여러분에게 진심으로 축하를 드립니다.

친애하는 경기도의회 의원여러분!

그동안 참으로 수고 많으셨습니다. 그리고 깊은 감사를 드립니다. 여러분의 충정어린 성원으로 여기 계시는 홍영기 의장님과 양태흥 운영위원장님을 비롯한 저희 시·도의장협의회에서는 드디어 지난 십수 년간 줄기차게 주장해 온 지방의원에 대한 명예직 삭제의 과업을 달성하였습니다.

여러분의 열화와 같은 성원에 힘입어 각고의 노력을 기울인 결과 드디어 지난 6월 17일 국회행정자치위원회에서 지방의원의 명예직 삭제를 골자로 하는 지방자치법개정안이 통과되었고, 이어서 지난 27일에는 국회 법제사법위원회를 통과했습니다.

그리고 6월 30일 개회된 제240회 임시국회 제7차 본회의에서

이 법안이 원안대로 가결됨으로써 실로 십년여에 걸친 투쟁의 막을 내렸습니다. 이제 남은 절차는 정부가 국무회의에서 지방자치법시행령을 개정하는 순서만 남았습니다. 경기도의회 의원 여러분께서 기울여주신 그동안의 성원과 수고에 다시 한 번 정중하게 감사를 드리는 바입니다.

존경하는 경기도의회 의원여러분! 그리고 내빈 여러분!
지방분권은 정치민주주의와 경제민주주의 실현의 필수적 과정입니다. 중앙에 집중된 정치권력의 분산과 참여민주주의를 실현하기 위해서는 일차적으로 권력이 중앙에서 지방에 이양되는 지방분권이 반드시 이루어져야 합니다.

그리고 참여민주주의는 지방정부가 결정권을 가지고, 그 지방정부의 정책결정에 지역주민이 참여할 때 비로소 실현될 수 있습니다. 지방정부가 결정권을 가지고 있으면 권력이 지방에 와 있기 때문에 지역정치가 그만큼 활성화될 수 있기 때문입니다.

주지하시는 바와 같이 지금 우리나라는 과거 개발독재시대에 발휘된 중앙집중의 효율이 사라지고 그 비효율이 전면에 드러나고 있습니다. 경제규모가 적고 사회가 비교적 단순했던 과거에는 중앙집중이 그런대로 효율적이었지만, 경제규모가 거대화되고 고도로 다양화되어 있는 오늘날에는 지방에서 자율성을 가지고 유연하게 대처할 수 있는 지방분권이 가장 효율적입니다.

또한 복잡하고 대규모화된 시스템에서는 분권적 의사결정이 가장 효율적이며, 급변하는 환경에 시스템이 유연하게 적응하기 위해서도 분권적 의사결정이 절대 필요합니다.

뿐만 아니라 우리나라 정치의 발전을 가로막고 있는 지역패권주의와 지역감정을 해소하기 위해서도 지방분권은 반드시, 그리고 시급히 이루어져야 합니다.

정치권력과 경제력, 그리고 문화자원이 모두 중앙에 집중해 있기 때문에 그것을 배타적으로 장악하기 위한 지역패권주의가 나타났고, 그 결과 지역갈등이 심화되었기 때문입니다. 그러나 권력이 지방에 분산되면 중앙권력을 쟁취하기 위해 사활을 걸고 패권을 다툴 이유가 그만큼 줄어들게 됩니다.

이처럼 지방분권은 우리 사회가 새로운 단계로 넘어가기 위해 필수적으로 이행해야 하는 시대적 과제입니다. 그리고 이제 이를 실천하기 위한 광범한 국민운동이 절실히 요구되고 있습니다.

아울러 획기적인 지방분권을 강력하고도 일관되게 추진하기 위해서는 구체적인 정책수단이 강구되어야 합니다. 지방분권의 제도화를 위한 강력한 실천이 요청되는 것입니다. 그리고 지방분권의 제도화가 결실을 맺기 위해서는 지방분권을 요구하는 전국 각 지역과 국민 각계각층의 실천이 함께 요구됩니다. 지방분권을 바라는 지역주민들의 강력한 실천이 없으면 지방분권이 실현될 수 없기 때문입니다.

　이러한 점에서 오늘 경기도의회가 주최하는 지방분권 관련 정책토론회는 매우 시의적절하다 할 것이며, 여러 가지 유익한 결론을 도출해 낼 것으로 기대됩니다. 오늘의 정책토론회를 다시 한번 축하드리며 경기도의회의 무궁한 발전을 기원드립니다. 감사합니다.

2003년 7월 4일

전국 시 · 도의회의장협의회 회장 이 성 구

각종 회의
인사말

◆ 2002년도 정기회 인사말씀 ◆

그 어렵던 난관을 돌파하시고 전국 광역시의회 의장님으로 당선되신 것을 일천만 서울시민과 함께 먼저 축하를 드립니다.

지난 지방의원 선거 및 의장단 선거, 그리고 연이은 임시회 개최 및 기자회견, 취임인사 등 취임 초는 참으로 바쁜 나날이었습니다.

그렇게 바쁜 일정 속에서도 오늘 회의에 참석하여 주신데 대하여 회의 개최도시 의장으로서 진심으로 감사의 인사를 드립니다.

오늘 회의가 개최되는 이곳은 정치 1번지 태평로 시대의 국회의사당 자리로서 한국정치사 측면에서 볼 때 매우 유서 깊은 곳입니다.

이러한 유서 깊은 곳에서 이번에 원구성 후 최초로 개최되는 오늘의 전국시·도의회 의장협의회 회의가 지방자치의 제 문제 해결을 위한 실질적인 구심점이 되어야 합니다.

이제 12월이면 대선이 있게 됩니다. 지방의원의 유급제, 보좌관제, 후원회제도의 관철과 우리의 위상정립을 위해서는 이 기회를 적극적으로 활용하여야 합니다. 여야를 떠나 우리는 각 당 대통령 후보들에게 이러한 문제에 대한 공약을 투명하게 하도록 하고 약속을 받아내야 합니다.

지방제도의 개선은 적극적이고 끈질기게 물고 늘어져야 성취될 수 있습니다. 경기도의회 의장님이 제안한 '정책 및 제도개선위원회' 등을 만들고 전략과 전술을 계발하고 지속적이고 강력하게 추진할 때 불합리한 자치제도는 개선될 수 있을 것입니다.

끝으로 의장협의회가 지방자치 제도개선의 중심이 되고 실질적인 개선을 통하여 의장님 한 분, 한 분의 위상정립은 물론 국회로의 진출 등 정치적 발전을 위한 밑거름이 되기를 기원 드리면서 환영인사에 갈음합니다.

감사합니다.

◈ 제9기 협의회 회장 당선 인사말씀 ◈

여러 가지로 부족한 저를 협의회장으로 선출하여 주신데 대하여 감사와 함께 막중한 책임감을 느낍니다. 우리의 지방자치가 부활된 지 12년이나 되었지만 아직도 중앙과 지방 간의 불균형, 집행기관과 의회 간의 불균형은 개선되지 않고 있으며, 우리 협의회가 지방자치의 실질적인 구심점이 되어 해야 할 일은 산적되어 있습니다.

앞으로 여러 의장님들과 협의하여 협의회 의결로 추진되어야 할 사항이지만 협의회 회장으로서 협의회 운영과 관련하여 저의 견해를 간단히 밝히고자 합니다.

첫째, 우리 협의회가 지방의 문제를 수렴하고 대안을 제시하는 지방정책결정의 산실이 되도록 하겠습니다. 우리 협의회 정관 제19조의 2에 정한 정책자문위원회를 조속히 구성하고, 이의 대안을 제시하는 지방자치의 중심축으로서 지방정책 생산의 산실이 되도록 하겠으며, 실질적인 지방자치를 이끌어나가는 중심이 되도록 하겠습니다.

둘째, 우리 협의회 산하에 경기도의회 및 강원도의회에서 제안한 '정책 제도개선 위원회'를 구성하고 이의 활발한 활동을 통하여 불합리한 명예직 제도를 개선하고 유급화, 보좌관제도, 후원회 제도를 관철할 수 있는 전략과 전술을 계발하고 지속적으로 추진하여 지방자치제도 개선을 착실히 이루어내도록 하겠습니다.

셋째, 지방자치 정책세미나, 토론회 등을 활성화하고, 언론·지방자치전문지 등의 기고와 인터뷰 등을 통하여 지방자치의 문제점을 이슈화하고 여론을 조정하여, 열악한 지방자치의 환경을 개선토록 하겠습니다.

넷째, '지방자치 정책전문지'를 발행하도록 하겠습니다. 이를 통하여 지방의 문제를 수렴하고 해결방안을 모색하며 우수한 정책사례를 전파하여 지방자치 발전에 기여하도록 하겠으며, 지방제도개선을 위한 논리 개발의 창구 역할을 담당하도록 하겠습니다. 이는 현재 지방의회의 소식지 정도에 머물고 있는 우리 협회보를 대폭 확대 개편하여 시행하면, 예산의 큰 증액 없이도 가능하다고 생각됩니다.

마지막으로 의장협의회 운영의 투명성을 제고하겠습니다. 각시·도의 분담금의 배정·부담액, 집행사항 등에 대한 면밀한 검토를 거쳐 합리성을 제고하겠으며, 사업계획에 대한 재검토를 거쳐 사업계획과 예산집행계획을 수립하고 이를 협의회의 의결로 재확정하여 계획 및 예산집행에 대한 완전한 공개로 투명성을 제고하겠습니다.

이상 말씀드린 사항은 협의회의 토론을 거쳐 각 시도 의장님들과 합심하여 추진하고자 합니다. 의장님들의 적극적인 지원과 협조를 부탁드립니다.

　감사합니다.

◈ 2002년도 제4차 임시회 인사말씀 ◈

친애하는 전국시 · 도의회 의장협의회 회원 여러분!

여러 가지로 바쁘신 중에도, 회의에 참석하여 주신데 대하여 감사를 드립니다.

그리고 제주도의회 김영훈 의장님과 관계자여러분!

전국체전에 대한 준비로 경황이 없었음에도 훌륭한 회의준비를 해 주신데 대하여 깊은 감사를 드립니다.

아시는 바와 같이 우리 제주도에서는 지난 6월 월드컵 축구대회가 열렸고, 10월에는 US LPGA가 개최되어 세계의 주목을 받은 바 있으며, 이 달에는 제83회 전국체전이 열림으로써 명실상부한 '스포츠의 섬'으로서의 위상을 과시하고 있습니다.

전국의 모든 시 · 도의원들을 대표하여, 이번 체전의 성공적인 개최를 기원드리며, 제주도와 제주도의회의 무궁한 발전을 기원드려 마지않습니다.

오늘 회의에서 심의하고자 하는 안건은, 지난번 회의에서 심의 보류된 안건 중 네 가지의 안건과 운영위원장협의회에서 제출한

두 가지의 안건으로 되어 있습니다.

　이들 안건에 대해서는 그동안 충분한 검토가 이루어졌으리라 믿고, 회의진행에 적극 협조하여 주시면 감사하겠습니다.

　바쁘신 중에도 회의에 참석해 주신 회원여러분, 그리고 제주도의회 김영훈 의장님과 관계관 여러분에게, 다시 한 번 감사의 말씀을 드립니다.

　대단히 감사합니다.